1861. 11 Novembre

CATALOGUE

D'UNE BELLE COLLECTION

D'ESTAMPES

PIÈCES DE DIVERSES ÉCOLES

École française du XVIIIe siècle

PIÈCES EN COULEUR PAR ALIX, BONNET, DEBUCOURT, DEMART
DESCOURTIS, JANINET, JUBIER, MARIN, ETC.

PORTRAITS

PIÈCES HISTORIQUES

ÉCOLE ANGLAISE
PIÈCES MODERNES

UN TABLEAU SUR CUIVRE DE L'ÉCOLE DE RU_

DESSINS

LA VENTE AURA LIEU

A L'HOTEL DES COMMISSAIRES-PRISEURS

RUE DROUOT, 5

SALLE N° 4, AU PREMIER ÉTAGE

Les 11, 12, 13 14, 15 et 16 Novembre 1861

A UNE HEURE

Par le ministère de Me DELBERGUE-CORMONT, Comm^{re}-Priseur,
8, rue de Provence,
Assisté de **M. ROCHOUX**, marchand d'Estampes,
19, quai de l'Horloge,
Chez lequel se distribue le présent Catalogue.

EXPOSITION PUBLIQUE

Le Dimanche 10 Novembre 1861, de une heure à cinq heures.

1861

EN VENTE chez DELION, quai des Grands-Augustins, 47 :

LES
MOUTONS DE PANURGE

CHAPITRES ÉMOUVANTS

ET DROLATIQUES

Sur les Estampes, les Experts, les Catalogues
et les Collectionneurs

Par A. ROCHOUX

PRIX : 1 FR.

Renou et Maulde, imprimeurs de la Compagnie des Commissaires-Priseurs,
rue de Rivoli, 144.   · 6665

CATALOGUE

D'UNE BELLE COLLECTION

D'ESTAMPES

PIÈCES DE DIVERSES ÉCOLES

École française du XVIIIe siècle

PIÈCES EN COULEUR PAR ALIX, BONNET, DEBUCOURT, DEMARTEAU,
DESCOURTIS, JANINET, JUBIER, MARIN, ETC.

PORTRAITS

PIÈCES HISTORIQUES

ÉCOLE ANGLAISE
PIÈCES MODERNES

UN TABLEAU SUR CUIVRE DE L'ÉCOLE DE RUBENS

DESSINS

LA VENTE AURA LIEU

A L'HOTEL DES COMMISSAIRES-PRISEURS

RUE DROUOT, 5

SALLE N° 4, AU PREMIER ÉTAGE

Les 11, 12, 13 14, 15 et 16 Novembre 1861

A UNE HEURE

Par le ministère de Me DELBERGUE-CORMONT, Comm^{re}-Priseur,
8, rue de Provence,

Assisté de M. ROCHOUX, marchand d'Estampes,
19, quai de l'Horloge,

Chez lequel se distribue le présent Catalogue.

EXPOSITION PUBLIQUE

Le DIMANCHE 10 Novembre 1861, de une heure à cinq heures.

1861

ORDRE DES VACATIONS

Sous le n° 980, il sera vendu environ 150 lots d'estampes et dessins de toutes les écoles non catalogués.

CONDITIONS DE LA VENTE

Elle sera faite au comptant.

Les Adjudicataires paieront, en sus du prix d'adjudication, CINQ POUR CENT applicables aux frais

DÉSIGNATION

DES

ESTAMPES

PIÈCES DE DIVERSES ÉCOLES

1 **Bailliu** (P. de). Renaud et Armide, d'après Vandyck. Très-belle épreuve avec l'adresse de *Nicolas
de Connick*.

2 **Beauvarlet** *excudit*. Le Jardinier, la Fruitière,
d'après Vanasse. 2 p.

3 **Beham** (Sebald). L'Enfant prodigue. Scène où
il se livre à la débauche. Il est à table avec des
femmes et de joyeux compagnons. Grande pièce
gravée sur bois en 2 planches. (Costumes du XVIe
siècle.)

4 **Berkmans** (d'après). L'Antidote des embarras
du ménage; le Souvenir du temps passé. *Basan
excu.* 2 pièces.

5 **Bloteling** (A.). Tentation de saint Antoine. Le
saint est renversé et rudement tourmenté par des
démons, parmi lesquels un à figure de femme
avec coiffure surmontée de deux cornes. Gravé à
la manière noire, d'après C. Procaccino.

6 **Boëce** (C.-F.). Vieille femme avec deux enfants, se réchauffant devant un brasier, d'après Rubens. Bel effet de lumière. In-fol. en hauteur. Superbe épreuve.

— La même composition, gravée dans le sens contraire, d'une dimension un peu moins grande. Épreuve avant toute lettre.

7 **Bosse** (Ab.). La Femme qui bat son mari. Très-belle épr.

8 **Buonarotti** (Michel-Ange). Léda. Belle pièce gravée d'après lui.

9 **Ciartres** *excudit*. Villers-Cotterets; Anet; Valeri; château de St-Germain-en-Laye; Gaillon; Folembray. 6 pièces.

10 **Crozat** (du cabinet). Compositions d'après Raphaël, Titien, Véronèse, Perin del Vaga, les Carrache, Jules Romain, Trevisani, le Bassan et autres maîtres. 182 p. *Ce numéro pourra être divisé.*

11 **Daret** (à Paris, chez Pierre). Pâris, Vénus, Minerve. 3 p. à une figure vue à mi-corps. Costumes Louis XIII.

12 **Delaunay** (N.). La Partie de plaisir, d'après Wenix. Très-belle épr. avant la lettre au-dessous du titre.

13 **Divers** (d'après). Compositions variées sur le sujet de Suzanne surprise au bain par les vieillards. 18 pièces.

4 — Loth et ses Filles, par Preisler, avant et avec la lettre; par Van Vliet, d'après Rembrandt; Muller, d'après Honthorst; Swanenburg, d'après Rubens, etc. 12 p.

15 — **Divers** (d'après). Compositions sur Vénus et
l'Amour, Mars et Vénus, Vénus et Adonis, etc. 25 p

16 — L'Enlèvement d'Europe, d'après Paul Véronèse, Lucas Giordano, Lemoine, Pierre, etc. 13 p.

17 — Compositions sur le sujet : de Diane au bain,
Diane et Actéon, etc., d'après Annibal Carrache,
Titien, Corrége, C. Maratte, de Troy, Ant. Coypel,
etc. 18 p. *Ce numéro pourra être divisé.*

18 — Compositions sur Vénus et l'Amour, le Jugement de Pâris, Vénus et Adonis, le Sommeil, Mars
et Vénus, sur les Trois Grâces, etc., d'après le
Parmesan, Rubens, Annibal Carrache, Titien, Lo-
catelli, Véronèse, Pellegrini, etc. 30 p. *Ce numéro
pourra être divisé.*

19 — Pièces gravées par C. Bloemaert, les Sadeler,
etc. 15 p.

20 — Compositions sur la Vierge et l'Enfant Jésus,
gravé par Morin, d'après le Titien ; Th. Matham
d'après le Bassan ; P. de Jode, d'après Quellinus ;
Ste-Famille, par Bolswert, d'après Vandyck, etc.
7 pièces.

21 — Compositions variées, d'après Mingardi, Ma-
giotto, etc., gravées par Peregrinus de Colle,
F. Pedro, Nicolas Cavalli. 12 p.

22 — La Double Tentation, gravé par Menil, d'après
Mieris ; les Grâces faisant la toilette de Vénus, d'a
près Vasari ; le Plaisir de la pêche, d'après C. Moor,
la Soucieuse hollandaise, d'après Terburg, etc.
9 pièces.

23 — Le Bénédicité hollandais ; l'Heureux buveur ;
le Retour imprévu ; la Curiosité, etc. 18 pièces
d'après Brouwer, Ostade, Scalf et autres.

24 **Divers** (d'après). Cléopâtre, d'après C. Maratte; Nymphe surprise, d'après Véronèse; Sainte Famille, d'après J. Romain; Christ au tombeau, d'après Salviati, etc. 10 p.

25 **Drevet** (P.). Salutation angélique, d'après Ant. Coypel. Belle épr.

26 **Duflos.** L'Ange apparaissant à Marie, d'après le Dominicain. Très-belle épr.

27 **Durer** (A.). Planches pour l'Apocalypse, gravées sur bois. 8 pièces. Très-belles épr.

28 **Facius.** Danaë, d'après le Titien. Jolie pièce.

29 **Ferretti** (d'après G.-D.). Scènes de comédie italienne. *Appo Wagner Ven.* 4 jolies pièces. Très-belles épr.

30 **Gallimard** (B.). Hyeronimus Æmilianus orphanorum pater, et congregationis Somaschæ fundator, d'après I.-F. de Troy. Superbe épr.

31 **Gheyn** (J. de). Festin de l'Olympe, d'après Van Broeck. Belle pièce. Elle est collée en plein.

32. **Giordano** (Luca). Apollon et Daphné, gravé par Levasseur, épr. avant la dédicace; Acis et Galathée, Jugement de Pâris, Enlèvement d'Europe, gravés par Beauvarlet. 4 p.

33. **Glairon-Mondet** (E. J.), L'Amour portant une torche, fait découvrir deux amants endormis, d'après Dietricy. Très-belle épr. avant la lettre.

34. **Goltzius** (H.). *Invenit et excudit.* 1587. Les Trois Parques, composition de forme ronde. Très-belle épreuve.

35 — Noce vénitienne, d'après Th. Bernard, en 2 planch. Belle pièce à costumes.

36 **Goltzius et son École**. Sujets mythologiques et autres. 26 p. *Ce numéro pourra être divisé.*

37 — Sujets mythologiques et autres. 38 p. *Ce numéro pourra être divisé.*

38 **Goltzius** (d'après). Les Cinq Sens. 5 jolies pièces gravées par Surugue fils, E.-M. Lepicié. Très-belles épr.

39 **Hondius** (Henri), 1597. Musarum officia. Charmante pièce. Très-belle épr.

40 **Italie** (École d'). Vénus cherchant à retenir Adonis qui part pour la chasse. Jolie pièce. Très-belle épr. collée en plein.

41 **Jackson** (J.-B.). Diverses compositions gravées en camaïeu, d'après Véronèse, Titien, Bassan, etc. 21 pièces.

42 **Lallemand** (d'après). La Cuisine bourgeoise, l'Atelier du peintre. 2 p. *Basan exc.*

43 **Lesueur** (d'après). La Naissance de l'Amour, les Muses, Clio, Euterpe et Thalie, Calliope, Terpsichore, Uranie, Vénus présente l'Amour à Jupiter, etc. 17 pièces gravées par L. Desplaces, Duflos, B. Picart, etc.

44 **Levasseur**. Scène de buveurs, d'après Kraus. Jolie composition. Très-belle épr. avant la lettre.

45 **Licherie** (d'après). Saint Jérôme. Chez *G. Audran, aux Gobelins*. Très-belle épr.

46 **Loutherbourg** (par et d'après). Tranquillité champêtre, la Bonne petite Sœur, l'Agneau chéri, l'Amant curieux, etc. 10 p.

47 **Massard**. Érigone, d'après Mieris. Très-belle épr. avec marges.

48 **Matham** (J.). Persée délivrant Andromède, d'après Goltzius. Très-belle épr.

49 **Maurer** (Christophe). Loth et ses Filles. Les trois personnages sont à gauche. L'une des filles entoure du bras droit le cou de son père et lui présente une coupe. On voit à droite les ruines de Sodome détruite par le feu du ciel. In-fol. en largeur.

50 **Mercier** (d'après). Le Jeune Éveillé, la Belle dormeuse. 2 p. gravées par J.-J. Avril. Très-belles épreuves.

51 **Montagne** (Nicolas de Plate). Sainte Geneviève, patrone de Paris, d'après Ph. de Champagne. Le fond de la composition est rempli par une vue de Paris. R. D. 12. Très-belle épr. du 1er état.

52 **Mulinari.** *Fac simile* de dessins, d'après les maîtres de l'École florentine, de la galerie du grand-duc de Toscane. 20 p.

53 **Muller** (Jean). Le Festin de Balthazar. Très-belle épr. glomisée.

54 **Neefs** (Jacques). *Da mihi in disco caput Joannes Baptistæ*, d'après G. Seghers. Belle épr. collée en plein; sainte Cécile, d'après le même, gravé par par N. Lawers. 2 p.

55 **Nelli** (Nicolo) *exc.* 1566. L'Amour reposant près de Vénus couchée. Belle composition, gravée probablement d'après le Titien.

56 **Peiroleri** (P.). Bethsabé au bain, d'après Sébastien Ricci. Très-belle épr.

57 **Picart** (B.). Toilette de Vénus, Diane découvrant la grossesse de Calisto. 2 belles compositions d'après Annibal Carrache.

58 **Piroli**. Vénus couchée, d'après le Titien.

59 **Poilly** (F.). Sainte Famille, d'après le Guide. On lit dans la marge du bas : *Fuge dilecti mi*. Très-belle épr.

60 **Pontius** (Paul). Le Roi boit, d'après Jacques Jordaens. Très-belle épr. collée en plein, mais sans apparence de déchirure.

61 **Popels**. Triomphe de Silène porté sur le dos d'un satyre. Belle composition d'après Rubens, gravée à l'eau-forte par Jean Popels. In-fol. en largeur.

62 **Porporati**. OEnone et Pâris, d'après Vanderverf, à la manière noire. Épr. avant la lettre.

— La même, avec la lettre.

63 **Poussin** (d'après). Vénus à demi-couchée, sur laquelle l'Amour étend une draperie, gravé par Et. Baudet. Très-belle épr.

64 — Vénus endormie surprise et découverte par un satyre, gravé par Daullé.

65 — Jupiter et Calisto, gravé par J. Daullé; Renaud et Armide, par Audran; l'Empire de Flore, par G. Audran. 3 p.

66 **Pozzi** (F.). La Transfiguration, d'après Raphaël. Gr. in-fol. en hauteur.

67 **Sadeler** (G.). Actéon surprenant Diane et ses Nymphes au bain. Belle pièce, d'après Joseph Heintz.

68 **Sadeler** (Jean). Orgie avec mascarades, d'après J. de Vinghe. Très-belle épreuve.

69 **Sadeler** (Raphaël). Deux Enfants s'embrassant, tandis que l'Amour, placé à gauche, fabrique la monture d'un arc, d'après J. de Vinghe. Jolie pièce. Très-belle épr.

70 **Saenredam** (J.). Vertumne et Pomone, d'après
Adam Bolswert. Très-belle épr.

71 **Sarrabat.** Pan et Syrinx, composition d'un grand
nombre de figures, d'après Gillot. R. D. 14.

72 **Solis** (Virgile). Salle de bain, pièce connue sous
le nom de la Société des anabaptistes. OEuvre capitale de Solis, d'après Aldegrever. B. 265. Très-
belle épr.

73 **Stella** (Claudine). Pastorales. 17 pièces, y compris le titre. Suite complète.

74 **Strange.** Vénus bandant les yeux de l'Amour,
d'après Titien. Très-belle pièce. Épr. superbe.

75 — La même. Très-belle épr.

76 — Danaë, d'après Titien. Très-belle épr.

77 — La Toilette de Vénus, d'après le Guide, charmante pièce. Très-belle épr.

78 — Cléopâtre, d'après le Guide. Très-belle épr.

79 — Joseph et la femme de Putiphar, d'après le
Guide. Très-belle épr.

80 — La même. Belle épr. tachée d'eau dans le bas

81 — Esther et Assuérus, d'après le Guerchin. Très-
belle épr.

82 — La Richesse et la Modestie, d'après le Guide.

83 — Apollon couronnant un poëte, d'après André
Sacchi. Très-belle épr.

84 — Justitia, Comitas, d'après Raphaël. Très-belles
épr. 2 p.

85 **Swanenburg** (W.). La Magdelaine, Saül, Judas
Iscariote, saint Paul, Zachée; jeune Femme ayant
devant elle des richesses et un vase d'où s'échap-
pent des bulles et de la fumée. 6 pièces, d'après
A. Bloemaert. Très-belles épr.

86 **Teniers** (d'après). L'Enfant prodigue, les OEuvres de miséricorde. 2 grandes pièces gravées par
Lebas.

87 — Réjouissance flamande, grande composition
des plus animées, gravée par T. Major. Très-belle
épreuve.

88 — La Fileuse, le Chimiste, les Joueurs de cartes,
le Concert miaulique, le Tric-Trac, le Mauvais
riche, etc. 11 p. gravées par divers.

89 **Titien** (d'après). Les Amours des dieux, charmantes compositions gravées par J. Smith, à la
manière noire. Très-belles épr. 9 p.

90 **Troost** (d'après). La Fausse vertu découverte ;
le capitaine Ulric, ou l'Avarice dupée, gravé par
Houbraken ; l'Amoureuse Brigide, gravé par Tanjé.
3 pièces.

91 **Vangelisty**. Jupiter et Léda, d'après le Poussin. Grande pièce en hauteur.

92 **Verkolie** (J.). Jupiter et Calisto, Pâris et OEnone,
d'après Netscher. 2 p. à la manière noire.

93 **Vitali** (P.). Cupidon désarmé par l'Amour, d'après Paul Véronèse. Très-belle épr.

94 — Vénus caressant l'Amour. Jolie pièce, d'après
le Guide.

95 **Volpato** (J.). Belles compositions sur l'Ancien
Testament. 4 pièces d'après Amiconi. Très-belles
épreuves.

96 **Will**. Les Musiciens ambulants, les Offres réciproques. 2 p., d'après Dietricy.

97 — Recueil de paysages et figures dessinés et artistement gravés, par J.-G. Will (an 1801). 36 sujets.

98 **Wouvermans** (Philippe). (OEuvres de), gravé
d'après les meilleurs tableaux qui sont dans les plus
beaux cabinets de Paris et ailleurs. 46 pièces. Anciennes et belles épreuves (incomplet).

ÉCOLE FRANÇAISE DU XVIIIᵉ SIÈCLE

99 **Anonyme**. La Marchande de citrons, jolie petite pièce. Costumes Louis XV. Au bas, 6 vers
piquants.

100 — La Ruelle. Épreuve avant la lettre. *Rare.*
— La même, épreuve avec la lettre.

101 — La Jument du compère Pierre (pour les contes
de Lafontaine), in-fol. ovale en largeur, presque
au trait. Jolie pièce du xviiiᵉ siècle.

102 **Anselin**. Jeune fille tenant au bras un panier de
fleurs, d'après Saint-Quentin. Très-belle épreuve
avant la lettre. *Rare en cet état.*

103 **Aubert** (d'après). La Revendeuse à la toilette,
jolie pièce gravée par Cl. Duflos. Très-belle épr.

104 **Aubry** (d'après). L'Occupation du ménage ; une
Femme savonne dans un baquet, un petit Garçon
fait des bulles en soufflant dans l'eau avec une
paille, gravé par Blot. Belle épreuve.

105 **Barthelmy** (d'ap.). Menade sortant des bacchanales, gravé par Schenker. Superbe épreuve avant
la lettre.

106 **Baudouin** (d'ap.). Jeune Femme à sa toilette,
un curieux entr'ouvre une porte à droite et regarde. Épreuve d'eau forte. *Très-rare.*

107 — Les Quatre parties du jour, épreuves non ter-

minées. Suite complète. 4 pièces. *Très-rares en cet état.*

108 **Baudoin** (d'après). Le Carquois épuisé, l'une des plus charmantes compositions du maître, gravée par N. Delaunay, épreuve d'eau forte. *Très-rare.*

109 — La même, superbe épreuve avant la lettre. *Très-rare.*

110 — La même, très-belle épreuve avec la lettre.

111 — La Toilette, fort jolie pièce gravée par N. Ponce en 1771. Superbe épreuve avant la lettre. *Très-rare en cet état.*

112 — La soirée des Thuileries, gravé par Simonet. Très-belle épreuve avant toute lettre. *Très-rare en cet état.*

     — La même, avec la lettre.

113 — La Sentinelle en défaut, gravé par N. Delaunay. Épreuve avant la lettre.

     — La même, avec la lettre.

114 — Le Lever, charmante pièce gravée par Massard. 1771.

115 — Perrette, gravé par Guttemberg; Marton, par N. Ponce; le Léger vêtement, par Chevillet; sa Taille est ravissante, par Lebeau. 4 pièces.

116 — Le Danger du tête à tête, jolie pièce gravée par Simonet.

117 — Le Jardinier galant, gravé par Helman. Belle épr.

118 — Catéchisme des jeunes filles; l'Instruction troublée par des jeunes gens; l'Épouse indiscrète; le Fruit de l'amour secret; les Cerises; l'Enlèvement nocturne. 6 pièces gravées par divers.

119 **Baudouin** (manière de). Jeune homme assis près d'une jeune fille et lui mettant un bouquet au corsage, jolie petite pièce. Épr. avant toute lettre.

120 **Baudouin** (S.-R.). Officier aux gardes fran-
çaises. — Les Filoux, d'après Cuke ; Scène de
joueurs, jolie petite pièce.

121 **Beauvarlet**. L'évanouissement d'Esther ; le Jugement de Salomon, 2 pièces en hauteur d'après
Detroy. Très-belles épreuves.

122 — Repas donné par Esther à Assuérus. Superbe
épreuve du premier état avant toute lettre.

123 **Beljambe**. Coucou, d'après Leroy, épreuve
avant la lettre.
— La même, avec la lettre.

124 **Bertin** (d'après). La gaîté de Silène, gravé par
Delaunay. Très-belle épreuve avant la lettre au-
dessous du titre.
— La même, avec la lettre.

125 **Boilly** (d'après). Honni soit qui mal y pense ; la
Douce impression de l'harmonie. 2 pièces avant la
lettre.

126 — La Rose prise, gravé par Cazenave. Très-belle
épreuve.

127 — Honni soit qui mal y pense ; On nous voit ; Tu
sauras ma pensée ; Il dort ; Ah ! qu'il est sot ! la
Douce résistance. 6 pièces gravées par divers.

128 — Le prélude de Nina ; la Comparaison des petits
pieds, 2 pièces gravées par Chaponnier. Épreuves
avant la lettre.

129 — La Tourterelle chérie ; deux Amours s'embrassant ; Jeune femme assise tenant un bouquet de
fleurs et montrant un médaillon à une amie ; 3
pièces. Épreuves avant la lettre.

130 **Borel** (d'après). Il était temps, composition plaisante gravée par Hemery. Très-belle épreuve.

131 **Borel** (d'après). Le voilà fait, scène de mœurs du Palais-Royal. gravé par Huot.

132 **Borel** (manière de). Deux beautés sont assises dans un jardin, adossées à un piédestal surmonté d'un satyre ; un financier, appuyé sur une canne, arrive de la droite et se dirige vers elles. L'une, assise à gauche, met sa main sur une chaise vide, comme pour le provoquer à venir s'y asseoir (costumes Louis XVI). Épreuve avant toute lettre. *Rare.*

133 **Boucher** (d'après). Le mariage de l'Amour et Psyché, gravé par Beauvarlet. Superbe épreuve avant toute lettre. *Très-rare en cet état.*

134 — La même, épreuve avec la lettre.

135 — Vénus, à laquelle un petit Amour présente une pomme, charmante pièce. Superbe épreuve avant toute lettre.

136 — Flore, sous la figure d'une jeune fille, tenant un bouquet de roses. *A Paris, chez Crepy.* Jeune femme tenant un éventail, avant toute lettre. 2 jolies petites pièces.

137 — La Confidence, jolie pièce gravée par Miger, épreuve avant toute lettre. *Très-rare en cet état.*

138 — La Pêche, gravé par Gaillard. Superbe épreuve avant toute lettre. *Rare en cet état.*

139 — Le Goûter d'automne, gravé par Gaillard. Superbe épreuve avant toute lettre. *Rare en cet état.*

140 — Un Berger jouant à la main chaude avec deux bergères ; deux Jeunes couples se balançant sur un tronc d'arbre: deux charmantes compositions encadrées chacune dans un cartouche richement ornementé, gravées par Huquier. *Rares.* Très-belles épreuves avec marges.

141 **Boucher** (d'après). La Marchande de modes, charmante pièce gravée par Gaillard. Très-belle épr.

142 — Le Déjeuné, charmante composition d'intérieur, gravée par Lepicié. Très-belle épreuve.

143 — Jupiter et Calisto, gravé par Gaillard ; Jupiter et Léda, par Ryland. 2 pièces.

144 — La muse Clio et la muse Erato, 2 jolies pièces gravées par Daullé.

145 — Le Sommeil, jolie pièce gravée par Huquier fils. *Rare.*

146 — Vénus faisant prendre un bain à l'Amour, gravé par Dugy. *Rare.*

147 — Naissance de Bacchus ; Enlèvement d'Europe, gravé par P. Aveline. Très-belles épreuves. 2 pièces.

148 — Le fleuve Scamandre, gravé par de Larmessin. Très-belle épreuve.

149 — La Baigneuse surprise, gravé par Daullé. Très-belle épreuve.

150 — Naissance et triomphe de Vénus, jolie pièce gravée par Daullé. Très-belle épreuve.

151 — Naissance d'Adonis, gravé par J. Scotin ; Mort d'Adonis, par M. Aubert. 2 jolies pièces.

152 — Enfants faisant danser un chien en costume de dame portant paniers, jolie pièce gravée par Beauvarlet. *Rare.*

153 — Enlèvement d'Europe, Naissance de Bacchus, 2 belles pièces gravées par P. Aveline. Très-belles épreuves, avec grandes marges.

154 — L'Amour nageur, gravé par P. Aveline ; l'Amour vendangeur, par Ét. Fessart ; l'Amour moissonneur et l'Amour oiseleur, par Lepicié. 4 jolies compositions d'enfants. Très-belles épreuves.

155 **Boucher** (d'après). Compositions d'enfants, 4 pièces gravées par P. Aveline. Collées en plein.

156 — Pêcheurs, Fête de Bacchus, 2 jolies compositions d'enfants. *A Paris, chez Huquier.*

157 — Compositions d'enfants, 6 pièces gravées par Delarue.

158 — Vénus se préparant pour le jugement de Pâris, gravé par de Lorraine; l'Hymen et l'Amour; l'Amour enchaîné par les Grâces. 3 pièces.

159 — Les Charmes du printemps, les Plaisirs de l'été, les Délices de l'automne, les Amusements de l'hiver, 4 pièces gravées par Daullé.

160 — Les Grâces au bain, gravé par Ryland; les Nymphes au bain, par Ouvrier. 2 pièces.

161 — Vénus sur les eaux, grande et belle composition gravée par Moitte. Il existe une déchirure dans le haut.

162 — La belle Cuisinière, gravé par P. Aveline ; la Belle villageoise, par Soubeyran. 2 pièces.

163 — L'Agréable leçon ; le Goûté de l'automne; le Berger récompensé; les Amants surpris, 4 pièces gravées par Gaillard.

164 — Le Panier mystérieux; les Sabots; l'Obéissance récompensée, 3 pièces gravées par Gaillard.

165 — L'Amour ranime Aminte; Silvie fuyant le loup qu'elle a blessé, 2 pièces gravées par Lempereur.

166 — La Bergère laborieuse, gravé par J.-M. Liotard.

167 — Vénus et les Amours, gravé par Gaillard. Très belle épreuve.

168 Boucher (d'après). Vénus enchaînée par les Grâces; Vénus sortant du bain; Vénus et les Grâces au bain; Ismène et Daphnis; Berger regardant une bergère endormie, etc. **15 p.** gravées par divers.

169 — L'Étourdi; le Bourgeois-Gentilhomme; la Critique de l'École des femmes; l'École des maris; l'École des femmes, etc. **11 pièces** pour les comédies de Molière, gravées par L. Cars.

170 — L'Amour enchaîné par les Grâces; les Charmes de la vie champêtre; Vénus, étude de femme; Vénus tendant une couronne à l'Amour; le Réveil; la Souffleuse de savon; Diane et Actéon; Vénus et l'Amour, par divers graveurs. **9 pièces.**

171 — La Courtisane amoureuse; les Amants surpris; l'Agréable leçon; le Berger récompensé; la Peinture, etc. **10 pièces.**

172 — La Belle Dormeuse; la Vendange; la Fille à l'oiseau; la Fontaine; la Bonne Aventure; les Amours en gaîté, etc. **22 pièces.**

173 — Les Présents du berger; Pensent-ils au raisin? Diane et Actéon; Vénus et Énée; Vénus tranquille; Amours pastorales, etc. **54 pièces.** *Ce numéro sera divisé.*

174 Canot (d'après). Le Maître de danse, gravé par Lebas, 1745. Très-belle épreuve.

175 — Le Souhait de la bonne année au grand-papa; le Gâteau des rois, **2 pièces.** Belles épreuves avec marges.

176 — **Carême** (d'après). La petite Thérèse, gravé par Couché. Très-belle épreuve avant la lettre au-dessous du titre.

177 **Cazes** (d'après). Léda, épreuve avant toute
lettre.
— La même, avec la lettre.

178 **Challe** (d'après M.-A.). Zéphyre et Flore, gravé
par J.-B. Tilliard. Très-belle épreuve avec marges.

179 — La même.

180 **Challe** (d'après). Les Appas multipliés, gravé
par Dennel. Épreuve avant toute lettre.

181 **Chardin** (d'après). La Maîtresse d'école, charmante pièce gravée par Lepicié, 1740. Très-belle
épreuve avec l'adresse de L. Surugue.

182 — La Gouvernante, gravé par Lepicié, 1739 ; les
Amusements de la vie privée, gravé par L. Surugue, 1747. 2 belles pièces.

183 — Le Tôton, gravé par Lepicié. Épreuve *avec l'a-
dresse de la veuve Chereau.*

184 — **Chevery** (femme). Les Désirs réciproques,
d'après Marillier ; la Vertu surprise, d'après Monnet. 2 pièces.

185 **Chevillet.** La jeune Sultane, d'après Le Gendre,
jolie pièce. Superbe épreuve avant la lettre, avec
marges.

186 — Le petit Marchand d'oranges, d'après Will fils.
Superbe épreuve avant toute lettre, avec marges.
Rare en cet état.

187 — Amusement du jeune âge, superbe épreuve
d'une jolie pièce d'après Will fils, avant la lettre.

188 — La même, très-belle épreuve avec la lettre,
grandes marges.

189 — Le Bon exemple, d'après Heillmann. Superbe
épreuve avant la lettre, avec marges. *Rare en cet
état.*

190 **Chevillet**. Le Bon exemple et Mlle sa sœur, d'après Heillmann. 2 jolies pièces.

191 — Mlle sa sœur, d'après Heilmann. Très-belle épreuve.

192 — La jeune Coquette, d'après Raoux ; la Beauté dangereuse, d'après Santerre. 2 pièces.

193 — La jeune Anglaise, d'après Baader ; l'Amour maternel, d'après Peters. 2 pièces. Belles épreuves avec marges.

194 — Le Philosophe moderne, d'après Baader. Très-belle épreuve, *avec l'adresse du graveur.*

195 **Courtin** (d'après). La Belle danseuse ; l'Amant complaisant ; les Jeux naïfs, 3 pièces gravées par M. Aubert. Très-belles épreuves.

196 — Angélique et Médor ; l'Amour médecin ; l'Amant magnifique ; Vertumne et Pomone, etc. 22 pièces gravées par divers.

197 **Coypel** (Ant.). Zéphire et Flore, gravé par B. Picart ; Triomphe de Vénus, par C. Simonneau. 2 pièces. Très-belles épreuves.

198 — L'Amour piqué par une abeille, gravé par Ch. Duflos ; Junon ayant emprunté la ceinture de Vénus pour ranimer l'ardeur de Jupiter, gravé par Duchange. 2 pièces. Très-belles épreuves.

199 — Renaud et Armide, gravé par C. Dupuis ; Vénus trempant les traits de l'Amour, par N. Tardieu. 2 pièces. Très-belles épreuves.

200 **Coypel** (d'après Ant. et Ch.). Vénus sur les eaux ; l'Amour ; Pyrame et Thisbé, 13 pièces gravées par divers.

201 **Coypel** (d'après Charles). L'Amour précepteur ;
l'Amour de village, gravés par Lepicié ; le Négligé
galant, par Salvador Carmona ; Persée délivre
Andromède, par L. Surugue ; Thalie chassée par
la Peinture ; Jeux d'enfants, par Lepicié. 6 pièces.

202 — Philis jouant de la guitare ; Berger jouant de
la vielle, gravé par Botet ; Daphnis tenant une
cornemuse, gravé par L. Surugue. 3 jolies pièces.

203 — Deux Jeunes filles jouant à la poupée, charmante pièce gravée par Joullain. *Rare.* Très-belle
épreuve.

204 — L'Amour forgeant des flèches, tandis qu'un
Satyre lui dérobe son carquois, charmante pièce
gravée par L. Desplaces. Très-belle épreuve avec
marges.

205 **Coypel** (d'après N.). Loth et ses filles, gravé par
C. Simonneau ; Galatée, d'après Noël-Nicolas Coypel, par Trochon. 2 pièces.

206 **Crepy** (à Paris, chez). Laquelle des deux aura
la pomme ? Jolie pièce. Costume Louis XVI.

207 **Darcis.** Une jeune femme au lit, et sortant les
jambes comme pour se lever. Jolie pièce, ovale en
hauteur.

208 **Deshays** (d'après). La Fidélité surveillante,
gravé par Hemery, épreuve avant la lettre ; Érigone vaincue, gravé par Lévèque. 2 pièces.

209 **Detroy** (d'après). Le triomphe d'Amphitrite,
charmante composition. Superbe épreuve avant
toute lettre. *Rare en cet état.*

210 — Salmacis et Hermaphrodite, jolie pièce gravée
par J. Daullé. Très-belle épreuve.

211 **Detroy** (d'après). La naissance de Vénus, gravé
par Fessard; Pan et Syrinx, par Henriquez. 2 pièces.
Belles épreuves.

212 — La naissance de Vénus, belle composition
gravée par Fessard. Très-belle épreuve avec grandes
marges.

213 — Jupiter et Calisto, gravé par Fessard; le Prix
de la beauté (Jugement de Pâris), gravé par Daullé.
2 jolies pièces.

214 — Joseph et la femme de Putiphar; David et
Bethsabé; Jupiter en pluie d'or, etc. 6 pièces gravées par divers.

215 — L'enlèvement de Proserpine; Diane changeant
Actéon en cerf, 2 belles compositions gravées par
Levasseur.

216 — Léda, charmante composition gravée par Fessard. Très-belle épreuve.

217 **Divers** (d'après). Jolies compositions, d'après
Courtin, Grimou, Natoire, Santerre, etc. 25 pièces.
Ce numéro pourra être divisé.

218 — Compositions d'après Boucher, Gravelot, Lancret, etc. Épreuves d'eau-forte. 10 pièces. *Ce numéro pourra être divisé.*

219 — D'après Baudouin, Borel, Clermont, Freudeberg, Lawreince, etc. 48 pièces. *Ce numéro sera
divisé.*

220 — La Peinture, d'après Delarue; les Éléments,
d'après Natoire; la Coquette Sophie, d'après Da-
vesne; le Buveur enjoué, *chez Dupin*, etc. 15
pièces.

221 **Divers** (d'après). Hercule et Omphale, d'après
Lemoine ; Danaë, d'après Courtin ; l'Aimable accord, d'après Detroy ; Acis et Galatée, d'après Ma-
rotte ; Diane désarmant l'Amour, d'après Desor-
meaux, etc 19 pièces.

222 **Dugoure** (d'après). Le Lever de la mariée, la
scène se passe dans une chambre à coucher élé-
gamment décorée, gravé par Trière. Superbe
épreuve avant la lettre.

223 — Roxelane, gravé par Lebeau. Très-belle épr.

224 **Dumesnil** *jeune* (d'après). Le Traitant, gravé
par Lucas. Épreuve avant toute lettre. *Rare.*
— Le même, avec la lettre.

225 **Eisen** père (d'après). La Folie du siècle, 2 jolies
pièces gravées par Aug. Martinet, femme Dupuis.

226 — Le Beau commissaire ; la Jolie charlatane, 2
charmantes pièces gravées par L. Halbou. Très-
belles épreuves.

227 — La Marchande de chansons ; la Marchande de
plaisirs, 2 jolies pièces gravées par P.-L. Cor.
Très belles épreuves.

228 — L'Optique ; l'Espièglerie, 2 jolies pièces gravées
par B.-L. Henriquez.

229 — Amusement de la jeunesse ; deux compositions
différentes, l'une gravée par M.-S. Carmona, l'autre
par N. Dupuis.

230 — La Malice enfantine ; Déguisements enfantins,
gravés par N. Dupuis ; les Dragons de Vénus, gravé
par Halbou. 3 jolies pièces.

231 **Eisen** (C.). Hercule et Omphale, jolie petite pièce
in-4° à l'eau-forte.

232 Eisen (d'après Charles). Le Cas de conscience ;
le Gascon, gravés par Tardieu ; Promettre est un,
et tenir c'est un autre ; gravé par L. Legrand.
3 jolies pièces.

233 — Le Bouquet ; l'Accord du mariage, 2 jolies
pièces gravées par Gaillard. Épreuves d'eau-forte.
Rares.

234 — L'Accord du mariage, épreuve terminée. Très-
belle épreuve avec l'adresse du graveur.

235 — Le Tric-Trac, charmante composition gravée
par Lebas. Superbe épreuve avec l'adresse du
graveur.

236 — La Comète, gravé par Lebas ; charmante pièce.
Très-belle épreuve.

237 Filleul (P.) Le Milieu du jour ; l'Après-dînée ;
2 jolies pièces.

238 Flipart (J.-J.). Allégorie sur le mariage de
Louis XV avec Marie Leczinska, d'après Slodtz.
Épreuve du premier état avant la lettre.

239 Fournier (d'après). Intérieur Louis XVI, dans
lequel on voit à droite deux jeunes femmes, dont
l'une est endormie ; un jeune homme debout à
gauche indique l'heure avec sa canne à l'autre
jeune femme qui est debout. Jolie pièce. Superbe
épreuve avant la lettre.

240 Fragonard. Quatre Bacchanales, jolies pièces
à l'eau-forte. Baudicourt, 6 à 9.

241 Fragonard (d'après). La Fontaine d'amour,
charmante composition gravée par Regnault. Superbe épreuve avant la lettre. *Rare en cet état*.

242 **Fragonard** (d'après). Les Hasards heureux de l'escarpolette, jolie pièce gravée par Delaunay. Epreuve non terminée avant toute lettre. La bonne Mère, gravé par Delaunay. La Chemise enlevée , par Guersant. 3 pièces.

243 — S'il m'était aussi fidèle, gravé par Dennel. Épreuve avant toute lettre.

244 — Ma Chemise brûle, gravé par Augustin Legrand.

245 — L'Heureuse famille, belle pièce gravée par J.-G. Huck.

246 — Le Baiser, 2 jolies pièces gravées par Marchand.

247 — La Fuite à dessein, gravé par Macret et Couché. Jolie pièce. Belle épreuve avec marges.

248 — On ne s'avise jamais de tout, pièce non terminée, retouchée à l'encre de Chine, comme indication des travaux à ajouter.

249 — Le Gascon puni, le Calendrier des Vieillards ; le Faucon ; le Magnifique ; On ne s'avise jamais de tout ; le Cuvier, etc. 14 pièces in-4° pour les Contes de La Fontaine, plus 4 autres sujets d'après Malet, Monnet et Touzé.

250 **Fragonard et Mlle Gérard** (d'après). Le premier pas de l'enfance, retouché par Regnault et Vidal. Épreuve avant la lettre au-dessous du titre.

251 **Freudeberg** (d'après). Suite d'estampes pour servir à l'histoire des mœurs et du costume des Français dans le XVIIIe siècle, 1774, composée des pièces suivantes.

Le Lever, gravé par Romanet.

Le Coucher, à l'eau-forte par Duclos, terminé par
Bosse.

L'Événement au bal, à l'eau-forte par Duclos, terminé par Ingouf jeune.

La Soirée d'hiver, par Ingouf.

Le Boudoir, par Maleuvre.

La Promenade du soir, par Ingouf jeune.

La Promenade du matin, par Lingée.

La Visite inattendue, par Voyez l'aîné.

L'Occupation, par Lingée.

Les Confidences, par Lingée.

La Toilette, par Voyez l'aîné.

Le Bain, par Romanet.

Cette suite est accompagnée d'un texte.

« Dans ces Estampes, dit le discours préliminaire, les modes de
notre nation sont exactement observées, tant pour les ameublements
et les sites des scènes, que pour les habillements des personnages.
Les usages et les manières des gens du bon ton y seront exprimés
dans les attitudes et les actions qui forment le sujet de chaque
estampe. »

Il est inutile d'ajouter à ces lignes pour faire comprendre l'inté-
rêt de cette suite qui jointe à celle de Moreau jeune formerait l'histoire la plus complète des mœurs et du costume d'une époque des
plus élégantes du 18ᵉ siècle.

Les épreuves de ces douze Estampes sont très-belles, avec grandes
marges, et très-bien conservées. *Il est excessivement rare* de ren-
contrer cette suite, dans une condition aussi parfaite.

252 — L'Évènement au bal, épreuve d'eau-forte, avec
marges. *Rare.*

253 — Le Gage de la fidélité, gravé par Voyez le jeune
et Mercier. *Rare.* Belle epreuve.

254 — L'Heureuse union, gravé par Bosse. 1ʳᵉ épreuve
avant la réduction de la planche.

255 Gérard (Mlle). Les Regrets mérités, gravé par Vidal. Très-belle épr. avant la lettre.

— La même, très-belle épr. avec la lettre.

256 — Les Regrets mérités, gravé par N. de Launaÿ. Sup. épr. avant la lettre, grandes marges.

— La même, avec la lettre.

257 — Le Triomphe de Minette, gravé par Vidal. Sup. épr. avant la lettre au-dessous du titre. Dors, mon enfant, par H. Gérard. 2 pièces.

258 — Le Baiser de l'innocence, l'Enfant de la nature. 2 pièces gravées par H. Gérard. Epr. avant la lettre.

259 Greuze (d'après). Une jeune Fille assise qui s'est endormie en tricotant. Charmante pièce gravée par Claude Donat Jardinier ; magnifique épr. avant la lettre. Les noms d'artistes sont à la pointe, avec marges. *Très rare en cet état.*

260 — La même, avec la lettre. Sup. épr.

261 — Jeune Fille assise tenant sur les genoux une corbeille à ouvrage et pelotonant du fil avec lequel joue un chat placé à gauche. Jolie pièce gravée par Jean-Jacques Flipart. Epr. d'eau-forte.

— La même épreuve terminée avec la lettre.

262 — Une jeune Mère tenant son enfant endormi sur ses genoux ; un autre sommeille à gauche ; un petit garçon debout à droite appuyé contre la chaise de sa mère souffle dans une trompette. Jolie composition gravée à l'eau-forte par Laurent Cars, terminée au burin par Claude Donat Jardinier. Magnifique épr. avant toute lettre, avec marges. *Très rare en cet état.*

263 **Greuze** (d'après). Jeune Fille coiffée d'un bonnet et lisant. Charmante petite pièce gravée par Marie L. A. Boizot, 1766. Epreuve superbe avant toute lettre, avec marges. *Très rare en cet état.*

264 — Jeune Fille appuyée sur une table, tenant pour jouet un capucin de bois. Jolie petite pièce gravée par P. C. Ingouf. Très-belle épreuve avant toute lettre, avec marges. *Très-rare en cet état.*

265 — La Malédiction paternelle ; le Fils puni. 2 pièces gravées par Gaillard. Epr. avant la lettre.

266 — Le Gâteau des rois, gravé par Flipart ; la Dame bienfaisante, par Massard ; la Belle-Mère, par Levasseur. 3 pièces. Très belles épreuves signées au verso par les artistes.

267 — Jeune Fille au capucin, autre tenant un chien, gravées par Ingouf ; le petit Polisson, la Jeunesse studieuse, gravées par Levasseur. 4 pièces,

268 — La petite Fille au chien, l'une des plus jolies compositions du maître, gravée par Porporati.

269 — La Philosophie endormie, gravé par Aliamet. Belle épr.

270 — Serena, jolie petite pièce gravée par Bause.

271 — La Grand'Maman, avant et avec la lettre ; le Ménage ambulant, gravés par Binet. — La Paresseuse et le Donneur de sérénade, gravés par Moitte. 5 pièces.

272 — Les Enfants surpris, gravé par Elluin ; la Marchande de Pommes cuites, la Marchande de Marrons, l'Envieuse, par Beauvarlet ; le petit Boudeur, par Guttenberg ; les premières Leçons de l'Amour, par Voyez l'aîné ; la Lecture de la Bible, par Martenasi ; le Geste napolitain, par Moitte ; Annette et Lubin, par L. Binet, etc. 24 pièces. *Ce numéro pourra être divisé.*

273 **Hutin** (C.). Deux Enfants montés sur une chèvre ; un autre en avant la tire par les cornes ; un
quatrième la tient par la queue ; un autre enfant
à gauche est porté en triomphe. Jolie petite pièce
à l'eau-forte.

274 **Ingouf** (P.-C.). La Mère contente ; la Mère mé-
contente. 2 pièces d'après Will fils. Superbes épr.
avant toute lettre.

275 **Jeaurat** (d'après). Vénus et Adonis, gravé par
Gaillard. Très-belle épreuve avec marges.

276 — L'Amour de la chasse, gravé par Louis
Surugue ; l'Amour du vin, par P.-L. Surugue
fils. 2 jolies compositions d'enfants, Très-belles
épreuves.

277 — Acis et Galathée, gravé par Fessard ; la Muse
Uranie, par Daullé ; la Couturière, par Balechou ;
le Fiacre, par Pasquier ; l'Eplucheuse de salade,
par Beauvarlet ; la Vieillesse, par Lépicié ; l'Amour
coquet, par Jeaurat frère. 7 pièces. Belles épreuves.

278 — Carnaval des rues de Paris ; Transport des
filles de joie à l'hôpital. 2 belles pièces de mœurs
gravées par C. Levasseur.

279 **J. G.** (d'après). L'Illusion agréable, gravé par A.
G. T. G. Jolie pièce.

280 **Jourd'heuil**. Le Devin de village. Jolie pièce
d'après Briard.

281 **Lagrenée** (d'après). Education de l'Amour ; Pu-
nition de l'Amour, gravés par Rouillard ; la Tourterelle, par Fessard. 3 pièces.

282 **Lallie** (d'après Et.). Le Messager fidèle. Jolie
pièce gravée par Halbou.

283. **Lancret** (d'après). Les Quatre Saisons, en hauteur. 4 belles pièces gravées par B. Audran, Scotin, N. Tardieu et Lebas.

284 — Le Jeu de Colin-Maillard, gravé par C. N. Cochin. Superbe épr. avec marges.

285 — Les Amours du bocage. Jolie pièce gravée par Larmessin. Très-belle épreuve.

286 — Les Deux Amis; le Petit Chien qui secoue de l'argent et des pierreries. 2 pièces gravées par Larmessin.

287 **Lawreince** (d'après). Le Roman dangereux, gravé en 1781, par Helman. Charmante pièce, épreuve d'eau-forte. *Très-rare.*

288 — La même. Superbe épreuve avec la lettre, avec grandes marges. *Rare.*

289 — Les Sabots. Epreuve d'eau-forte par Masquelier.—La même avec la lettre, gravée par J. Couché.

290 — Les Deux cages, ou la plus Heureuse, gravé par de Bréa, à la manière noire. Jolie pièce.

291 — 1787. Le Retour trop précipité. Jolie pièce gravée par Pierron. Très-belle épreuve.

292 — Le Repentir tardif, gravé par Levillain, épreuve d'eau-forte. — La même épreuve terminée.

293 — Le Billet doux, Qu'en dit l'abbé ? 2 pièces gravées par N. Delaunay.

294 — Qu'en dit l'abbé ? gravé par N. Delaunay. Jolie pièce, très-belle épreuve avec grandes marges.

295 — Le Déjeûner anglais ; la Leçon interrompue. 2 jolies pièces gravées par Vidal. Très-belles épreuves.

296 — L'Ecole de danse. Jolie pièce gravée par Dequevauviller

297 **Lawreince** (d'après). L'Assemblée au Salon.
Belle épreuve collée en plein, sans marge.

298 — Le Mercure de France. Jolie pièce à costumes,
gravée par Guttenberg jeune. Très-belle épreuve.

299 — La Marchande à la Toilette; l'Innocence en
danger ; les Offres séduisantes ; la Consolation de
l'absence; les Soins mérités. 5 pièces gravées par
divers.

300 — Les Nymphes scrupuleuses ; la Balançoire
mystérieuse. 2 pièces gravées par Vidal.

301 — Mrs Merteuil and miss Cécile Volange ; Valmont et la présidente de Tourvel; Valmont et Emilie. 3 pièces gravées par Romain Girard.

302 **Lebeau**. Les Désirs naissants, d'après N. Tan-
che. Jolie pièce, très-belle épreuve avec grandes
marges.

303 **Lebel** (d'après). Le Coup de vent. Gravé par Al.
Girardet; épreuve avant la lettre. La même pièce
avec la lettre.

304 — La Souris prise, gravé par Niquet, avant la lettre; la Fidélité en défaut, gravé par Hemery. 2
pièces.

305 **Lebrun** (d'après). La Liberté perdue ou l'Amour
couronné, gravé par Dambrun ; le Charme de la
Liberté ou l'Amour vaincu, par Martini; la Toilette
de la Mariée ; l'Epouse mal gardée, par Dambrun,
4 pièces.

306 **Leclerc** (d'après). Le Jeu de l'escarpolette. Jolie
pièce à costumes Louis XVI, gravée par Deny.

307 **Lelu** (P.). Les Patriarches voyant leur délivrance
prochaine par la Conception de la Sainte Vierge,
d'après Giorgio de Rezzio. Baudicour 73. Très-belle
et grande pièce à la manière de lavis. 3ᵉ état en
bistre clair, avant la lettre, et avec les angles du
haut blancs.

308 **Lemoine** (d'après F.). *L'Amour dans l'âge d'or
était fidèle et tendre*, etc , jolie pièce gravée par C.
N. Cochin. Très-belle épreuve.

309 **Lenain** (d'après). Le Villageois satisfait ; le Voleur pris ; la Fiancée normande, etc. 4 pièces,
dont une avant toute lettre.

310 — Le Voleur pris ; la Surprise du vin ; le Bénédicité flamand, etc , gravés par Elis. Cousinet,
Daullé, Elluin, Saint-Maurice. 4 pièces.

311 **Lenfant** (d'après). Les Adieux de Catin ; le Testament de La Tulipe, 2 pièces gravées par Beauvarlet.

312 **Lepeintre** (Ch.). La Cage symbolique, gravé par
M. Fessard. Epreuve d'eau-forte. — La même,
très belle épreuve avec la lettre.

313 **Leprince** (d'après). L'Amour des fleurs ; l'A-
mour du travail. 2 pièces gravées par Chevillet.

314 **Loutherbourg**. Fils aîné et fils cadet du prince
des Maronites ; Domestique maronite ; 3 pièces à la
manière du lavis en bistre.

315. **Lunaud** (d'après). Cahier de quatre pastorales,
gravées par Baquoy fils. Jolies petites pièces.

316 **Mallet** (d'après). Chit ! Chit ! par ici ! 2 pièces
gravées par Copia.

317 **Mallet** (d'après). Les Jeux de l'Amour. Composition formant le pendant. 2 pièces gravées par Beljambe, épreuves avant la lettre.

318 **Moitte** (d'après). Le Consommé, jolie pièce gravée par Deny, avec marges.

319 **Monnet** (d'après). Renaud et Armide, gravé par Vidal, épreuve avant toute lettre. *Rare en cet état.*

320 — Jupiter et Antiope, Jupiter et Io, 2 pièces gravées par Vidal. Très belles épreuves.

321 **Moreau** jeune (d'après). La Sortie de l'Opéra, épreuve d'eau-forte. *Rare.*

322 — Les Peti s Parrains, gravé par Baquoy et Patas; le Rendez-Vous pour Marly, par Guttenberg ; Oui ou Non, par Thomas ; la P tite Loge, par Patas, charmantes pièces. Très-belles épreuves avec les lettres : A. P. D. R. (*Avec privilège du roi*). 4 pièces.

323 — J'en accepte l'heureux présage ; les Précautions; C'est un fils Monsieur; la Dame du palais de la Reine ; les Adieux ; l'Accord parfait ; la Petite Loge ; les Dél ces de la Maternité ; le Rendez-vous pour Marly ; le Lever ; la Petite et la Grande Toilette; les Petits Parrains ; Oui ou Non ; le Seigneur chez son fermier ; le Vrai Bonheur; 16 pièces. Les lettres A. P. D. R. n'existent plus.

324 — Bethsabé au bain d'après Rembrandt. Epreuve avant la lettre collée en plein.

325 **Moreau** l'aîné L. (d'après). On y court plus d'un danger: Galant balançant une jeune femme sur une escarpolette. Jolie pièce gravée par Germain et Patas.

326 **Moreau** l'aîné, L. (d'après). Berger avec sa Bergère dans un Paysage ; il y a près d'eux une cruche renversée. Gravé par Germain et Patas; épreuve avant la lettre.

327 **Mouchet** (d'après). L'Illusion; le Réveil importun ; Qui est là ? gravés par Darcis. 3 pièces, belles épreuves avec marges.

328 — La Méprise, gravé par Macret, terminé par Anselin. *Rare.* Très-belle épreuve.

329 **Natoire** (d'après). Triomphe de Bacchus et Triomphe d'Amphitrite. **2** p. gravées par C. Duflos.

330 — L'Amour rémouleur aiguisant ses traits. Gravé par Peiroleri, 1758.

331 **Nattier** (d'après). La Chasseuse aux cœurs, gravé par Henriquez. Jolie pièce.

332 — Mme la Duchesse de*** en Hébé, gravé par Hubert. Très-belle épreuve.

333 **Parrocel** (Pierre). Triomphe de Bacchus et d'Ariane. R. D. 18. Très-belle épreuve du 2e état.

334 **Pater** (d'après). L'Essai du bain, épreuve avant toute lettre. *Très-rare.* Elle est tachée de nombreuses piqûres.

335 — L'Aimable entrevue, gravé par J. Tardieu ; le Désir de plaire, par L. Surugue. **2** jolies pièces.

336 — La Courtisane amoureuse, gravé par Fillœul. Très-belle épreuve.

337 — Marche comique, gravé par Ravenet.

338 **Picart** (B.). Les Cinq Sens, jolie petite suite de 6 pièces à costumes.

339 — 1709. Le jeu de pied-de-bœuf. Jolie pièce à costumes. Très-belle épreuve.

340 **Pierre** (d'après). Jupiter et Antiope, gravé par Schmitz, épreuve d'eau-forte.

— La même, superbe épreuve avant la lettre.

— La même, très-belle épreuve avec la lettre.

341 — Vénus et Adonis, avant toute lettre. Psyché et l'Amour, gravé par Levêque, épreuve avant la lettre avec les noms des artistes. **2 pièces** *rares en cet état.*

342 — Le Lever de l'Aurore, gravé par Lempereur. Superbe épreuve avant toute lettre.

343 — Les Serments du Berger ; Bacchus et Ariane ; l'Enlèvement d'Europe ; les Forges de Vulcain, gravé par Lempereur ; Vénus et l'Amour, gravé par Levêque. **5 pièces.**

344 **Porporati.** Tancrède et Clorinde, Herminie, d'après C. Vanloo. Très-belles épreuves avant la lettre.

345 **Preisler.** Bacchanale, d'après Pierre.

346 **Queverdo** (d'après). La Surprise amoureuse ; le Bouquet galant ; l'Ecole de l'amour ; l'Intrigue découverte ; la Sollicitation amoureuse ; l'Occasion favorable ; la Peinture. **7 pièces.**

347 — Les Admirateurs de la Nature ; le Joueur de quilles ; les Baigneurs champêtres ; les Délices du printemps ; le Prélude ; la Belle jambe de Lisette , la Déclaration d'amour ; le Sommeil interrompu. **8 pièces.**

348 — Le Goût, la Vue, l'Odorat, l'Ouïe et le Toucher. **4 pièces.** Très-belles épreuves.

349 **Raoux** (d'après). Les Quatre Ages, gravés par J. Moyreau. **4 pièces.**

350 **Raoux** (d'après). Le Satyre complaisant, Basan
exc. — Bethsabé au bain, gravé par Chereau jeune;
les Deux musiciennes, par Beauvarlet; Chloris,
par J.-B. de Poilli; le Vieillard surveillant, par
Voyez jeune; Angélique et Médor, par N. Delaunay. 6 pièces.

351 — Ah! s'il s'éveillait! Jolie pièce avant la lettre.

352 **Robert** (P. P. A.). La Jeune Iris tenant un chat
entre ses bras; l'Amour donnant des leçons de
flûte à une bergère. 2 pièces gravées par Marie
J. Renard Dubos.

353 **Rousselet** (Theresia). Le Beau Berger, d'après
Autreau; la Belle Bouquetière, d'après Kern. 2
pièces. Belles épreuves.

354 **Saint-Aubin** (Augustin de). Louise-Emilie, baronne de***; Adrienne-Sophie, marquise de ***;
2 jolis portraits de femmes.

355 **Saint-Aubin** (d'après Gabriel.). Les Enfants
bien avisés. Jolie pièce gravée par P. F. Tardieu.
Très-belle épreuve.

356 **Santerre** (d'après). Jeune Femme cachetant une
lettre; autre tenant un masque; autre dormant.
3 pièces gravées par Château. Très-belles épreuves.

357 **Schenau** (d'après). Jeune Fille montrant à sa
mère une rose qui s'effeuille; autre composition où
la mère montre à sa fille une plante qu'elle vient
d'arracher. 2 jolies pièces gravées par Chevillet,
épreuves superbes avant la lettre.

358 — Deux jeunes filles regardant deux tourterelles
qui se becquettent, gravé par Chevillet. Superbe
épreuve avant la lettre.

359 Schenau (d'après). Le Miroir cassé, gravé par Chevillet. Très belle épreuve avant la lettre. — La même. avec la lettre.

360 — L'Espérance au Hasard, gravé par N. Dupuis. Superbe épreuve avant toute lettre. *Rare.*
— La même avec la lettre.

361 — Carème-prenant, composition plaisante. Epr. superbe avec marges.

362 — La Belle Fileuse, gravé par R. Gaillard ; Jeune garçon effeuillant une marguerite, par Gudeborn ; l'Ouvrière en dentelle, par Gaillard: épreuve d'eau-forte, autre terminée ; la Curiosité punie ; le Moulin d'attrape, par Schwab ; l'Innocence vengée, par Mesnil ; le Réveil maladroit, par N. Dupuis. 8 pièces.

363 — Le Ménage en désordre ; la Cuisinière surveillante ; gravés par Romanet ; le Repas convoité, par Littret ; l'Ecureuil content, par Gaillard ; épreuve d'eau forte, et autre terminée ; le Perroquet mignon, par Louise Gaillard. 6 pièces.

364 — Le Dédommagement de l'absence ; l'Heureux retour ; le Retour désiré ; le petit Glouton. 4 pièces gravées par Vidal, Duflos et Ouvrier. Belles épreuves, grandes marges.

365 Silvestre (d'après Louis.). Pan et Syrinx, jolie composition gravée par H. Sim. Thomassin fils, 1715. Grand in-fol. en largeur. Très belle épreuve.

366 Tersonier (d'après). Le Surveillant malin: une jeune femme dort la tête appuyée sur un coussin à droite ; au-dessus de sa tête un Amour met un doigt sur sa bouche. Jolie pièce gravée par Delâtre. *A Paris, chez la veuve Daullé, rare.* Très-belle épreuve.

367 **Theolon** (d'après). Invocation à l'Amour, gravé
par Guttenberg. Epreuve avant la lettre.

368 **Thomassin** (H. S.). L'Amour retirant la draperie qui couvre une femme nue endormie, d'après
Ch. Lebrun. Belle épreuve.

369 **Vangorp** (d'après). C'est Papa, gravé par Delaunay ; autre composition avant toute lettre. 2 pièces,
avec grandes marges.

370 **Vanloo** (d'après C.). Erigone, jolie pièce gravée
par Levesque. Belle épreuve.

371 **Vanloo** (d'après). Les Grâces, gravé par Pasquier.
Très-belle épreuve.

372 — La même, belle épreuve.

373 — L'Amant suranné, jolie pièce gravée par G. Vidal. Très-belle épreuve.

374 — La Peinture, la Sculpture, l'Architecture et la
Musique. 4 pièces gravées par Fessart.

375 — Jupiter et Antiope, gravé par Fessard. Très-
belle épreuve.

376 — L'Amour clairvoyant, jolie pièce gravée par
Klauber. Très-belle épreuve.

377 — Les Baigneuses, gravé par Lempereur, épreuve
d'eau-forte. Rare. — La même épreuve terminée,
avec la lettre. Apollon et Marsias, par Miger ; le
Coucher, par Porporati ; Abraham prenant Agar
pour sa femme, par Desplaces ; Mlle Vanloo, cette
pièce rognée du bas. 6 pièces.

378 **Vidal**. Le Bouton de rose, la Curieuse. 2 fort jolies pièces d'après Will fils. Très-belles épreuves.

379 **Vien** (d'après). L'Enlèvement d'Europe, gravé
par Vangelisti. Superbe épreuve avant la lettre.
La même avec la lettre, portant ce titre : l'Amour
empressé.

380 **Vien** (d'après). Jeune Circassienne au bain, Autel du jeune Bacchus. 2 pièces gravées par E. J. Glairon Mondet. Superbes épreuves avec marges.

381 **Vleughels.** La Jument du compère Pierre, le Bast. 2 pièces gravées par Larmessin. Très belles épreuves.

382 — Le Villageois qui cherche son veau, Frère Luce. gravées par Larmessin ; le Pouvoir de l'Amour. 3. pièces.

383 **Voyez** (jeune). Jeune Fille tenant à la main un médaillon contenant le portrait d'un amant absent. Très-belle épreuve avant la lettre.

384 **Watteau** (d'après). Le Sommeil dangereux. Satyre regardant Diane et une Nymphe endormies, gravé par Liotard. Epreuve d'eau-forte.

385 — Les Agréments de l'été. Jolie pièce gravée par J. de Favannes.

386 — Comédiens italiens, gravé par Baron ; Concert champêtre, par B. Audran ; l'Indiscret, par Aubert. 3 pièces.

387 — L'Embarquement pour Cythère, l'une des plus charmantes compositions du maître, gravée par Tardieu. Légèrement rognée dans le haut et sur les côtés. Belle épreuve.

388 **Will** fils (d'après). Prévoyance au plaisir ; Retour heureux. 2 pièces gravées par P. L.

389 — La Curieuse, jolie pièce gravée par Voyez l'aîné. Très-belle épreuve.

PIÈCES EN COULEUR

A LA SANGUINE, A PLUSIEURS CRAYONS, A LA MANIÈRE
DU LAVIS, ETC.

390 **Alix**. L'Amour sacrifiant ses ailes à l'amitié, d'après Fragonard, en couleur.

391 **Anonyme**. Où est donc cet abbé que je l'achève? Pièce piquante imprimée en bistre.

392 — La Main-Chaude, d'après Huet, en couleur à plusieurs tons. Jolie pièce à costumes.

393 — La Pudeur alarmée : jeune femme sortant du bain et se cachant derrière les rideaux de son lit, à l'aspect d'un galant qui regarde par une fenêtre. En couleur, à plusieurs tons. *Rare*.

394 — Promenade au jardin du Palais-Royal, (costumes époque Louis XVI). Jolie petite pièce en largeur, imprimée en couleur. Réduction de celle plus grande attribuée à Debucourt. *Rare*.

395 **Audebert**. Fontaine d'Amour ; Serment d'amour. 2 pièces en couleur, d'après Fragonard.

396 **Auvray**. Retour du marché ; Vue intérieure d'une ferme, par Mattet. 2 pièces en couleur, d'après Huet.

397 **Berthault**. Le Marchand de tisane ; le Dentiste ambulant ; la Marchande de bouquets, d'après Will fils. En couleur à plusieurs tons. 3 pièces.

398 **Boillet** (J.-N.). Ariette de Rosette et Colas, d'après Doublet. Jolie pièce à la sanguine.

399 **Boilly** (d'après). La Tourterelle chérie, gravé par Alais, imprimé en couleur.

400 — Les Conseils maternels; l'Évanouissement. 2 pièces en couleur gravées par Tresca.

401 — Le Cadeau; Qu'elle est gentille ! 2 pièces gravées par Bonnefoy, imprimées en couleur.

402 — La douce Résistance; le Cadeau; Qu'elle est gentille! le Cadeau délicat; l Optique; Prends ce biscuit. 6 pièces gravées par divers, imprimées en couleur.

403 **Bonnet**. Bustes de jeunes filles dans des ovales, d'après Leclerc. 2 pièces à plusieurs crayons.

404 — L'Oiseau privé; le Pas de menuet. 2 jolies pièces en couleur à plusieurs tons.

405 — La Musique; la Danse. Deux jolies petites pièces en couleur à plusieurs tons.

406 — Le Matin et l'Après-Midi, d'après Challe; le Midi, d'après Huet. 3 jolies pièces en couleur à plusieurs tons.

407 — La belle Toilette; la Jarretière. 2 pièces en couleur.

408 — Le Bain; la Toilette. 2 jolies pièces en couleur, d'après Jollain.

409 — Les Soins maternels; l'Accord maternel, d'après Huet, en couleur à plusieurs tons. 2 pièces.

410 — La bonne Mère; la mauvaise Mère. 2 pièces, d'après Huet; en couleur à plusieurs tons.

411 — Les Époux heureux; la Femme prudente; Jeune Femme assise tenant une ombrelle. 3 petites pièces de forme ronde en couleur.

412 — Le Maître de dessin, d'après Huet. Jolie pièce en couleur.

413 **Bonnet**. L'Heureux Chat, d'après Huet. Jolie
pièce en couleur.

414 — Le Déjeûner, d'après Huet, en couleur à plusieurs tons.

415 — Le Dîner; le Souper. 2 jolies pièces en couleur,
d'après Huet.

416 — Le Goûter, d'après Baudouin. Charmante pièce
en couleur.

417 — Les Présents du jour de l'an, d'après Huet. En
couleur à plusieurs tons.

418 — A beau cacher; le Bon Logis. 2 pièces fort pi-
quantes, d'après Leclerc, à la sanguine. *Rares.*

419 — La Dormeuse, d'après Boucher. A la sanguine.

420 — La Jarretière. Jolie pièce imprimée en couleur.

421 — L'Aimable Famille; l'Aimable Société. 2 jolies
pièces à costumes, d'après Hambert, en couleur.

422 — Toilette du matin; Toilette du soir. 2 jolies
pièces, d'après Beaulier.

423 — Triomphe de Galathée, etc.; Triomphe d'Ariane,
d'après Huet. 2 pièces en couleur.

424 — Le Flambeau de l'Amour; la Flèche de l'A-
mour. 2 pièces en couleur.

425 — Diane au bain; Jupiter et Calisto. 2 pièces en
couleur, d'après Huet.

426 — Vénus à sa toilette, d'après Boucher. Pièce en
couleur.

427 — Le Repos de Vénus, d'après Boucher. Charmante pièce à plusieurs crayons.

428 — Vertumne et Pomone, d'après Lemoine. Jolie
pièce à la sanguine.

429 Bonnet. Diverses compositions, le plus grand nombre d'après Boucher, à la sanguine et à plusieurs crayons. **14** pièces.

430 — Vénus tenant le symbole de l'Amour; Vénus aiguisant ses traits. **2** pièces en couleur, d'après Boucher.

431 — Troupe ambulante des rues de Paris, d'après Huet; le Marchand d'orviétan de campagne, d'après Carême. **2** pièces en couleur.

432 — Les Echasses; le petit Cavalier; le petit Château de cartes, la bonne Chienne; les Bulles de savon; le petit Sabot, etc. **27** pièces, petites compositions d'enfants, d'après Huet, en couleur. *Ce numéro pourra être divisé.*

433 Bonnet (manière de). La belle Cachette. Pièce en couleur.

434 Borel (d'après). Les Dons imprudents, par Jubier, à la manière du lavis. Superbe épreuve avant toute lettre. *Très rare en cet état.*

435 Briceau. Les Plaisirs réunis, d'après Baudouin, à la sanguine.

436 Carême (d'après). Les Plaisirs des Bacchantes; les Plaisirs bachiques. **2** compositions gravées par Jubier, imprimées en couleur.

437 Challiou (A Paris, chez). L'Amant pressant; l'Instant passé. **2** pièces en couleur, intérieur et costumes Louis XVI.

438 — La Fille engageante; le Billet rendu. **2** pièces en couleur.

439 — La Curieuse aperçue; le Moment dangereux. **2** pièces en couleur.

440 Challiou (A Paris, chez). La Douce Julie; la
Surprise agréable *chez Civil*). 2 pièces en couleur.

441 Chapuy (J.-B). La Comparaison, d'après Lawreince. Jolie pièce en couleur.

442 — Vue perspective du champ de Mars, jour du
serment civique prononcé par la nation française
le 14 juillet 1790. Belle pièce en couleur, d'après
Leroy.

443 Charpentier (François). Les Grâces s'élevant
de terre soulevées par des Amours, d'après Boucher, à la manière du lavis, avec rehauts de blanc.

444 Colibert. Le petit Tapageur; la petite Friande.
2 pièces en couleur.

445 Debucourt, 1787. Le Compliment, ou la Mati-
née du Jour de l'an. Un petit garçon ayant près
de lui sa sœur, adresse un compliment au grand-
père et à la grand-mère, assis à gauche. Le père
et la mère sont à droite, derrière les enfants.

— 1788. Les Bouquets, ou la Fête de la grand-
maman. Une jeune mère venant de la gauche,
tient par la main un petit garçon, tandis que
la grand-mère, assise à droite, prend dans ses bras
une toute petite fille qui vient de lui remettre un
bouquet.

2 pièces ovales en hauteur, imprimées en couleur. Charmantes compositions du maître. *Très-
rares* à trouver de cette fraîcheur.

446 — L'heureuse Famille. Un petit garçon est monté
sur un cheval de bois, à gauche, et tient devant
lui une poupée. Le père, placé à droite, attire le
cheval vers lui ; la mère, debout au milieu, regarde
la scène. Pièce in-fol. en hauteur, à la manière du
lavis en noir. Épreuve avant toute lettre. *Rare*.

447 — La même, avec la lettre.

448 — La Rose mal défendue. Une jeune femme, assise sur le bord d'un lit, tient d'une main une rose qu'elle cherche à éloigner des atteintes d'un jeune galant. Pièce à la manière du lavis, en hauteur, imprimée en couleur. *Très-rare* à trouver de cette fraîcheur.

449 — La même, en noir.

450 — Recueil de têtes et coiffures modernes à l'usage des jeunes personnes qui dessinent.

Jeune femme en buste, tournée à droite, coiffée d'une toque avec plume. Dans le haut, à droite, n° 1.

Jeune fille tournée à gauche, portant sur la tête un mouchoir noué sous le menton. Dans le haut, à droite, n° 5.

Jeune fille tournée à gauche, coiffée d'un bonnet. Dans le haut, à droite, n° 7.

3 pièces in-4 en hauteur, faisant partie d'une suite dont nous ne connaissons pas le nombre et qui est *très-rare*.

451 — Que vas-tu faire? Jeune fille allant à un rendez-vous dans un parc. On voit à gauche l'amant favorisé. — Qu'as-tu fait? La jeune fille revient et paraît se mordre les doigts. 2 pièces ovales en hauteur, imprimées en couleur. *Rares.*

452 — Il est pris. Un pêcheur à la ligne, debout, à droite, dans un bateau, vient de prendre un poisson; un jeune homme prend un baiser à une jeune femme placée à la gauche du bateau.

— Elle est prise. Un oiseleur, placé à gauche,

vient de prendre une perdrix. Au milieu de la composition, une jeune femme portant un vase sur la tête, est prise par la taille par un galant, qui cherche à l'embrasser.

2 pièces ovales en largeur, imprimées en couleur.

453 — La Croisée. Jeune femme assise, à droite et lisant, ayant en face d'elle son mari. Pièce en hauteur, en couleur.

454 — Une jeune Mariée recevant la bénédiction paternelle. Épreuve avant la lettre.

455 — La Promenade sur l'eau. Une jeune femme est assise sur l'avant d'un bateau et paraît s'essayer à ramer. Son mari est debout devant elle, et un petit garçon assis à l'arrière, à gauche. Pièce en largeur, à la manière du lavis. Superbe épreuve avant toute lettre. *Très-rare en cet état.*

456 — L'Orange, ou le moderne Jugement de Pâris. Un jeune homme tenant une orange à la main est assis à droite; trois jeunes femmes venant de la gauche s'avancent vers lui. Composition de 10 figures (costumes du Directoire), à la manière du lavis, en largeur, avec marges *Rare.*

557 — Le Baiser à propos de bottes Une jeune femme assise à un comptoir, à gauche, reçoit un baiser d'un jeune homme auquel le mari essaye des bottes. Pièce à la manière du lavis, en largeur. *Rare.*

458 — Le Coiffeur. Debout, au milieu de la composition, il se rejette prétentieusement en arrière pour admirer l'effet des fleurs qu'il pose sur une coiffure. Pièce en largeur, à la manière du lavis, en couleur. *Rare.*

459 — La même, en noir.

460 — Le Tailleur. Il est debout, au milieu de la composition et semble exprimer son admiration pour l'habillement que porte un jeune élégant debout à gauche. Pièce en largeur, à la manière du lavis, en couleur. *Rare.*

461 — La même, en noir.

462 — Le 1er jour du xixe siècle; les Visites du jour de l'an. Composition de 9 figures, très-intéressante pour les costumes. A la manière du lavis en largeur.

463 — 1803. La Coquette et ses filles, ou une Mère à la mode; la Manie de la danse, cette dernière sans marge. 2 pièces.

464 — (Ventôse, an xiii. 1805) Les Courses du matin, ou la Porte d'un riche. Une quantité de solliciteurs et de solliciteuses attendent l'audience du personnage important. On y voit un romancier, un architecte, un musicien, M. Furet, artiste chimiste renommé pour la toilette, un tailleur, un bottier, etc. Pièce en largeur, à la manière du lavis.

465 — 1806. Le Bouquet d'une maman. Elle, est assise à gauche et s'apprête à recevoir un vase rempli de fleurs qu'apporte un petit garçon conduit par une jeune fille. Le père est debout, au milieu. A la manière du lavis, en largeur. *Rare,* mal conservée.

466 — 1807. La jeune Femme. Elle marche vers la gauche, en compagnie d'un vieux mari, et tend d'une main un billet doux à un jeune galant venant de la droite. Manière du lavis, en largeur.

467 **Debucourt**. Promenade au bois de Vincennes;
Goûter des Anglais. 2 pièces en hauteur, imprimées en couleur.

468 — La Femme et le Mari; les Galans surannés.
2 piéces.

469 — La Lecture; Elle le boude; Il va l'apaiser;
les Apprêts du bal; Prends vite, il ne vient pas;
Chaise vacante; Que lui conte-t-il? Il a plu; les
deux Amies; Il ne m'a pas vue; A ce soir; le Pré-
texte; la Solitude; la Petite Coquette, etc. 22 jolis
costumes de modes vers l an 8 et l'an 9. Coloriées.
Rares.

470 — Coup de vent. 2 pièces. Dans l'une, une jeune
femme marchant vers la droite retient sa colle-
rette; dans l'autre, une jeune fille marchant vers la
gauche; ses jupes sont rejetées en avant par la
bourrasque. 2 pièces en couleur.

471 — La Main-Chaude. La scène se passe dans l'intérieur d'une grande cuisine de campagne; un jeune
homme a la tête appuyée sur les genoux d'une
femme, et ceux qui prennent part au jeu, enfants,
jeunes filles, militaires viennent tour à tour lui
frapper sur la main. Une bonne vieille est occupée
à droite à ranger de la vaisselle. Grande pièce en
largeur, à la manière du lavis.

472 — Intérieur d une cuisine, d'après le tableau de
Drolling, qui est au musée du Louvre. Grande
pièce en largeur, imprimée en couleur.

473 — L'Enfant soldat, ou les Amusements de famille; Son arrivée fera notre bonheur; Pauvre
Annette; Jouis, tendre mère; double du Compliment du jour de l'an, rogné autour de l'ovale; Ils
sont heureux; Lise poursuivie; Heur et malheur,
ou la Cruche cassée. 8 pièces.

474 **Debucourt.** Route de Saint-Cloud ; Route de Poissy, d'après C. Vernet. 3 jolies pièces en couleur.

475 — Retour des champs, le Joueur de cornemuse, Route du marché ; les Chevaux de bateau. 4 p. d'après C. Vernet, en couleur.

476 — Anglais en habit habillé ; Rempailleur de chaises ; Toilette d'un clerc de procureur ; Jour de barbe d'un charbonnier ; le Marchand de peaux de lapin ; la Marchande de poissons ; la Marchande de saucisses ; la Marchande de cerises ; le Cosaque galant ; Course anglaise, etc. 23 pièces. d'après C. Vernet, en couleur.

477 — Costumes militaires français et étrangers (1815), d'après C. Vernet. 34 pièces en couleur.

478 **Debucourt** (d'après). L'Heureuse famille. Gravé par Robinson.

479 — **Debucourt** (Manière de). Des nouvellistes rassemblés sous les arbres d'un jardin public : tous, hommes et femmes sont représentés sous la figure d'animaux et portent le costume de la République. Jolie pièce in-fol. en largeur.

480 — **Demarteau**. Jeune dormeuse, d'après Fredou. Jolie pièce à plusieurs crayons.

481 — Deux jeunes filles mettant des fleurs dans les cheveux d'une de leurs compagnes ; Jeune berger baissant les branches d'un arbre pour faire cueillir des fruits à sa bergère ; Jeune Fille assise dans la campagne et portant une houlette. 3 jolies pièces à la sanguine, d'après Boucher.

482 Demarteau. Diane à demi-couchée ; jeune Femme demi-nue dormant ; Baigneuses ; Léda s'apprêtant à entrer dans l'eau : deux Amours, à gauche, retiennent un cygne ; jeune Femme nue assise et regardant des fleurs. 5 jolies p. à la sanguine.

483 — Vénus avec deux Amours ; Vénus tenant l'Amour par la main ; Vénus assise entourée d'Amours ; Vénus couchée, tournée vers la gauche ; 4 jolies pièces à la sanguine.

484 — Vénus couronnée par les Amours ; Vénus désarmée par les Amours. 2 charmantes pièces d'après Boucher, à plusieurs crayons

485 — Trois Bacchantes ivres, d'après Boucher, 1759, Fort jolie pièce à la sanguine. *Rare.*

486 — Vénus debout, tenant un cœur, d'après Boucher. Charmante pièce à la sanguine. *Rare.*

487 — Bacchanale, d'après Pierre. Belle pièce à la sanguine.

488 — Jeune Fille assise ayant des roses au corsage, d'après Huet ; Jupiter et Antiope, d'après Boucher. 2 jolies pièces à plusieurs crayons.

489 — Léda, d'après Boucher. A plusieurs crayons. Charmante pièce.

490 — Jeune Femme à mi-corps, vue de face, jouant de la guitare ; autre de profil et lisant. 2 jolies pièces ovales en hauteur, d'après Huet, à plusieurs crayons.

491 — Le jeune Berger ; la jeune Bergère ; Bergère assise, tenant une couronne de fleurs ; Berger vu de dos, gardant des troupeaux. 4 jolies pièces, d'après Huet, en couleur à plusieurs tons.

492 **Demarteau**. L'Anglaise ; Bustes de femmes dans
des ovales. 4 jolies pièces à la sanguine, d'après
Courtois.

493 — Vénus dormant accoudée ; l'Agréable surprise ;
Jeune Fille ayant un bouquet de fleurs au corsage, etc. 6 pièces à la sanguine, d'après Boucher.

494 — Têtes de jeunes filles. 2 charmantes pièces à
plusieurs crayons, d'après Boucher.

495 — Têtes de jeunes filles et un jeune Dessinateur,
d'après Boucher. 5 pièces à plusieurs crayons.

496 — Le Mouton chéri ; le Plaisir innocent. 2 pièces,
d'après Huet, à plusieurs crayons.

497 — Jeune Bergère s'apprêtant à entourer d'une
guirlande la tête de son berger endormi ; un Amant
montrant à sa maîtresse le tronc d'arbre qu'il
a creusé pour venir à elle en traversant la mer ;
d'après Lebarbier l'aîné, en couleur, à la manière
du lavis. 2 pièces.

498 — Satyres et Bacchantes, d'après Carême. 2 pièces
à plusieurs crayons.

499 — Le Sommeil d'Annette ; la Danse allemande,
composition d'Enfants ; jeunes Blanchisseuses ;
jeune Fille arrosant des fleurs ; Autre respirant
une fleur, etc. 23 pièces, d'après Boucher, à la
sanguine.

500 — Diverses compositions, d'après Boucher, à la
sanguine et à plusieurs crayons. 28 pièces.

501 **Descourtis**. Foire de village ; Noce de village.
2 pièces en couleur, d'après Taunay.

502 — Vue du port Saint-Paul, à Paris, d'après Dema-
chy. En couleur.

503 **Divers**. Vénus couchée et l'Amour ; les Colombes
chéries, etc., par Demarteau, Petit et autres, d'a-
près Boucher. 10 pièces à la sanguine et à plusieurs crayons.

504 — L'Heureux Ménage ; l'Étonnement de l'Innocence ; l'Oiseau privé ; le Concert des Trois Grâces ;
la Belle Toilette, etc., d'après Huet, Boucher et
autres, par Bonnet, Demarteau, etc. 40 pièces en
couleur. *Ce numéro sera divisé.*

505 — Jupiter et Antiope, d'après Boucher ; le Baiser refusé, d'après Challe ; Costume de femme ;
l'Amour s'essuyant les yeux ; Baigneuses près du
Colisée, à Rome ; Jupiter et Danaé ; l'Amour cor-
rigé, d'après Huet ; Coiffures de femmes, époque
Louis XVI, etc. 56 pièces aux trois crayons, en
couleur, à la manière du lavis, gravées par
M^mᵉ Alais, Bonnet, Demarteau, Léger, Jubier, etc.
Ce numéro sera divisé.

506 — Vénus et l'Amour ; Bacchante ; Érigone ; Jupiter et Io ; l'Amant pressant ; Pastorales, etc.,
d'après Boucher, Clermont, Huet et autres.
61 pièces à la sanguine, à plusieurs crayons, et en
couleur à plusieurs tons. Gravées par Bonnet, Demarteau et autres. *Ce numéro sera divisé.*

507 **François**. La Correction inutile, d'après Borel,
à la sanguine.

508 **Gautier-Dagoty**. Joseph et la femme de Putiphar. Pièce en couleur, sans marge.

509 **Gilbert** (J.). La belle Jambe, d'après Parelle. A
la sanguine.

510 **Honoré**. La Ruse ; la Surprise, d'après Vangorp. 2 pièces en couleur.

511 **Isabey**. Le Coucher à l'italienne, d'après Vanloo. Pièce en couleur.

512 **Janinet**. Ah! laisse-moi donc voir; l'Ouvrière
en dentelles. 2 jolies petites pièces en couleur,
d'après Lawreince.

513 — Sommeil de Vénus, d'après Charlier; Bacchus
préside à la fête; Bacchanale, d'après Carême.
2 pièces en couleur.

514 — Érigone endormie, d'après Charlier. Pièce de
forme ronde, en couleur. La marge est coupée
tout autour.

515 — Vénus à demi-couchée, ayant sur elle une
guirlande de roses, d'après Charlier. Pièce de
forme ronde imprimée en couleur. Très-belle
épreuve avant toute lettre.

516 — Le Baiser de l'Amour, d'après Doublet. Imprimée en couleur.

517 — L'Agréable Négligé, d'après Baudouin ; la Réu-
nion des plaisirs, d'après Leclerc. Cette dernière
est tachée· 2 pièces en couleur.

518 — La Bacchante enivrée, d'après Carême, en couleur.

519 — L'Amour; la Folie. 2 jolies pièces en couleur, d'après Fragonard.

520 — Vénus assise, ayant près d'elle deux Amours,
dont l'un cueille des roses ; d'après Boucher.
Pièce de forme ronde, imprimée en couleur
Très-belle épreuve. La marge est coupée tout autour.

521 — Joli Portrait de femme, d'après Trinquesse. En
couleur, avant toute lettre.

522 Janinet. 1790. Projet d'un monument à la gloire de Louis XVI, d'après de Varene. Pièce en hauteur, imprimée en couleur. Très-belle épreuve avant la lettre. *Rare en cet état.*

523 Janinet (manière de). Vénus enivrant l'Amour, d'après Boucher. Jolie pièce en couleur.

524 Jubier. Offrande au dieu Pan; Offrande à l'Espérance. 2 pièces, d'après Huet. En couleur, à plusieurs tons.

525 — Jupiter et Io, d'après Huet. En couleur, à plusieurs tons.

526 — Les Délices du bain, d'après Carême. Pièce en couleur.

527 — La Bergère récompensée; le Cerisier; le Goûter champêtre; le Départ de campagne; le Départ d'une foire; les Adieux du fermier. 6 pièces en couleur, d'après Huet.

528 — Diane et Endymion; Vénus donnant ses ordres à l'Amour. (*Chez Bonnet*). 2 pièces en couleur.

529 — Le Retour à la vertu, d'après Borel. Jolie pièce en couleur.

530 Lawreince (d'après). Le Serin chéri. Jolie pièce en couleur. *Duargle sculp. Rare.*

531 — The Comparaison, gravé par Partout. 2 épreuves imprimées en couleur, de nuances différentes.

532 Lecœur. La Visite au grand-père, d'après J.-R. Smith. Imprimée en couleur.

533 Legrand (A.). La Déclaration; l'Amant pressant; l'Amant écouté. (*Chez Bonnet.*) 3 pièces en couleur, d'après Huet.

534 **Levaehez** fils. Vénus entrant au bain; Vénus au bain. 2 pièces en couleur, d'après M. Cosway.

535 **Léveillé**. Léda, d'après Boucher. En couleur à plusieurs tons.

536 — Jeune Fille en buste tenant un masque, d'après Huet. Jolie pièce à plusieurs crayons.

537 — Le Charlatan, d'après Borel En couleur, sans marge.

538 — L'Age d'or, d'après Lebarbier l'aîné. En couleur.

539 **Lingée** (Mme). L'Imitation de l'antique; l'Admiration de l'antique, 2 pièces, d'après Dutailly. En couleur.

540 **Marin**. Bustes de femmes dans des ovales, d'après Leclerc. 2 pièces à plusieurs crayons.

541 — Bustes de jeunes femmes dans des ovales, d'après Leclerc. 4 pièces à plusieurs crayons.

542 — Jeune Femme jouant de la guitare; petit Messager attendant la lecture d'une lettre qu'il vient d'apporter à une jeune femme. 2 pièces en couleur, d'après Leprince.

543 — L'Espoir d'un heureux jour; les Revers de la fortune. 2 pièces, d'après Bounieu. En couleur, à plusieurs tons.

544 — Nymphe sortant du bain, d'après Barbier. En couleur.

545 **Massard** (M. B. f^me). La Mélancolie, d'après Greuze. A la sanguine. *Rare*.

546 **Mixelle** (J.). Les deux Amoureux, d'après Baudouin. Épreuve avant toute lettre. En couleur.

— La même, avec la lettre.

547 **Mauclerc**. Quand l'Hymen dort, l'Amour veille. Pièce en couleur, d'après Challe.

548 **Morret** (J.-B.). Les Flamands en belle humeur ; la Faiseuse de galette. 2 pièces en couleur.

549 **Parizeau.** Sacrifice aux Grâces ; l'Espérance nourrit l'Amour ; plus 4 compositions d'Enfants sur la même feuille, l'une signée A. B. 3 pièces imprimées en bistre.

550 — 1780. Une femme, vêtue à l'antique, conduisant un bateau entouré d'un grand nombre de petits Amours. Charmante composition à la manière du lavis, imprimée en bistre.

551 **Paroy** (comte de). Danse de bacchantes avec un faune, en couleur.

552 **Phelipeau.** L'Amant effrayé ; les Amours satisfaits, d'après Caresme. 2 pièces en couleur à plusieurs tons.

553 **Regnault** (N.-F.). Le Bain ; Femme sortie du bain. 2 jolies pièces d'après Baudouin, la dernière avant toute lettre.

554 **Saintnon.** Tritons et Néréides, d'après Boucher, à la manière du lavis.

555 — Bacchantes dans un paysage. Charmante composition gravée par Saintnon, d'après Boucher, à la manière du lavis. *Rare.*

556 — Satyre poursuivant une Nymphe qui se réfugie dans les bras d'un Fleuve. Charmante composition gravée par Saintnon d'après Boucher, à la manière du lavis. *Rare.*

557 **Sintzenich** (H.). Musik, d'après Rosalba ; Mahlerey, d'après A. Kauffmann. 2 jolies pièces en couleur.

558 **Wolf**. La douce impression de l'harmonie, d'ap.
Boilly, en couleur.

PIÈCES HISTORIQUES

PIÈCES DE MŒURS, COSTUMES, CARICATURES, ETC.

559 — Femme de qualité en déshabillé sortant du lit ;
Femme de qualité en robe de chambre, se disposant à jouer. 2 pièces fort curieuses comme intérieur et costumes du temps de Louis XIV. In-fol.
en largeur, par Jean de St-Jean. *Rares.*

560 — Les Quatre Saisons sous des figures de femmes,
en costumes Louis XIV. *A Paris, chez J. Mariette.*
4 pièces.

561 — Les Cinq Sens sous des figures de femmes, en
costumes Louis XIV. 5 jolies pièces. *A Paris, chez
J. Mariette.*

562 — L'Age d'or, l'Age d'argent, l'Age d'airain,
l'Age de fer, sous des figures de femmes en costumes Louis XIV. *Chez N. Bonnart.*

563 — Les Cinq Sens, figures allégoriques du temps de
Louis XIV. *Chez Bonnart.*

564 — Les Neuf Muses, sous des figures de femmes
en costume Louis XIV. 9 pièces.

565 — La Peinture, la Sculpture, l'Architecture, la
Poésie, la Musique, la Géométrie, l'Astrologie, sous
des figures de femmes en costume Louis XIV.
7 pièces.

666 — Figures allégoriques sur les Saisons, les Mois, les
Éléments, etc. (Costumes du temps de Louis XIV.)
39 pièces, par Bonnard, Trouvain, etc.

667 — Le Jeu de Billard, Fille de qualité en habit d'hiver; Femme de qualité en déshabillé d'été; — à
sa toilette; — en sultane. Pièces de suites incom-
plètes des Mois, des Saisons, des parties du
Jour, etc. 53 pièces, costumes du temps de
Louis XIV, par Arnoult, Bonnart, Trouvain, etc.
Ce numéro pourra être divisé.

568 — Jeunes Seigneurs et Dames du temps de
Louis XIV se livrant, à Fontainebleau, aux plaisirs de la musique, de la danse et de la conversa-
tion. Grande pièce de mœurs fort curieuse pour
les costumes. *A Paris, chez Gallays. Très-rare.*

569 — Mariage de Flandre. Grande pièce de mœurs
du temps de Louis XIV. *A Paris, chez Gallays.*

570 — Fêtes de Flandre. Grande pièce de mœurs en
2 planches. *Gallays, rue Saint-Jacques.*

571 — Cérémonie funèbre. Gravé par Dolivar, d'après
Berain.

572 — Figures de Danse sous Louis XV, à deux personnages, cavalier et dame. Jolie suite de 12 pièces, imprimées à la sanguine en un cahier in-8.

573 — Le Lieutenant de Police fait raser les Filles
de joie. On voit, vers la gauche, deux garçons de
coiffeur qui viennent de remplir une brouette des
cheveux de ces dames. In-fol. en largeur, à l'eau
forte. *Rare.*

574 — Représentation de l'ancien habillement de
Strasbourg, gravé par Fonbonne. 20 pièces costumes, y compris le titre, en un recueil in-4.

575 — Sacre de Louis XVI à Rheims, le 11 juin 1775. Grande et belle pièce par *Moreau jeune*.

576 — Déclaration d'indépendance des États - Unis d'Amérique (juillet 1776), gravé par Durand d'après Trumbull. Grande pièce en largeur.

577 — Coup d'œil exact de l'arrangement des peintures au salon du Louvre en 1785. *A Paris, chez Bornet, peintre en miniature.*

578 — Exposition au salon du Louvre en 1787. *A Paris, chez Bornet.*

579 — Grande Robe à la reine; Robe à la lévite; Léandre et Colombine; la Fille qui se défend mal; le Danger des bosquets; la Partie d'Œufs frais, etc. **18** pièces de mœurs et costumes du temps de Louis XVI, par divers.

580 — Triomphe de la Coquetterie. Tournoi entre les femmes : le prix du combat est un énorme bonnet que l'on voit au milieu de la composition. Pièce curieuse sur les modes du temps de Louis XVI. *Rare.* Elle est collée en plein.

581 — Costumes de Femmes époque Louis XVI. **4** figures sur deux feuilles.

582 — Jardin de Monceaux, près de Paris, appartenant au duc de Chartres. **18** planches d'après Carmontel. Très-belles épreuves, avec texte.

583 — Journée du 20 juin 1792. Dévouement de Mme Elisabeth, qui se présente pour la Reine. Dans cette pièce on voit Maillard coiffé du bonnet rouge et armé d'un sabre. Gravé par Vérité d'après Bouillon. Imprimé en couleur. *Rare.*

584 — Machine proposée à l'Assemblée nationale pour le supplice des criminels, par M. Guillotin, à la manière du lavis. *Rare.*

585 — Grande armée du prince de Condé, envoyée de Strasbourg par la diligence. Ce sont des soldats de bois expédiés dans des boîtes. Mlle de Condé, placée à gauche, s'occupe à les déballer; un officier les aligne, et le prince les passe en revue. In-fol. en largeur. Belle pièce à l'eau-forte.

586 — Assassinat de Michel Lepelletier St-Fargeau, le 20 janvier 1793, chez Février, restaurateur au jardin de l'Egalité. *A Paris, chez Brion.* In-fol. en largeur. Pièce en couleur. *Rare.*

587 — Assassinat de J.-P. Marat, le 13 juillet 1793. A droite, on vient de retirer Marat de la baignoire; à gauche, on entraîne Charlotte Corday. *Brion, pinxit.* In-fol. en largeur. *Très-rare.*

588 — La Séparation de Louis XVI d'avec sa famille, gravé par Schiavonetti, d'après Benazech. In-fol. en largeur, très-belle épreuve.

589 — Marie-Antoinette conduite publiquement au supplice dans un tombereau. 16 octobre 1793. Gravé par C. Silanio. In-fol. en largeur.

590 — Explosion de la Machine infernale de la rue St-Nicaise (3 nivose an IX). Pièce gravée à la manière du lavis. *Rare.*

591 — Ah! quelle antiquité! Oh! quelle folie que la nouveauté! M. le baron et Mme la baronne de Sotenville choqués de la mise ridicule des citoyens incroyables et des citoyennes pas possible. — Café Procope; Café des Aveugles; le Trente-un, ou la Maison de prêt sur nantissement; Thé parisien, etc. 17 pièces de mœurs et costumes, fort curieuses. *Ce numéro pourra être divisé.*

592 — La Mère à la mode; la Mère telle que toutes devraient être. Jolie pièce de mœurs, coloriée. Costumes de la République.

593 — Le Pauvre jeune homme! Quel est le plus heureux? 2 pièces de mœurs à costumes (an x), gravées par la femme Lefèvre d'après E. Victoire. Belle épr. avec marges.

594 — Bal de l'Opéra (sous l'Empire). Grande et belle pièce coloriée, par Bosio. *Rare.*

595 — L'Escamoteur, la Diseuse de bonne aventure, par Morette, d'après Pasquier. 2 scènes de mœurs en couleur.

596 — Le Logeur, ou les effets des vertus hospitalières de Paris. Grande pièce de mœurs, coloriée.

597 — Bivouac des Cosaques aux Champs-Elysées (31 mars 1814), par Jazet et d'après Sawervied, en couleur. Epreuve avant toute lettre.

598 **Caricatures** et pièces de mœurs. 42 pièces. *Ce numéro pourra être divisé.*

599 — et pièces de mœurs. 33 pièces. *Ce numéro pourra être divisé.*

600 **Caricatures anglaises.** 48 pièces. *Ce numéro pourra être divisé.*

601 — Naissance du duc de Bordeaux. Epreuve avant toute lettre.

PORTRAITS

602 **Alix.** Mme de St-Aubin, de l'Opéra-Comique, d'après Garneray. Joli portrait en couleur.

603 **Alix**. Honoré-Gabriel Mirabeau; Michel Lepelletier. 2 portraits en couleur.

604 — D'Alembert, Diderot, Lavoisier, Lafontaine,
Montesquieu, Corneille, J.-J. Rousseau, Descartes,
Fontenelle, Condillac, Molière, Buffon, Fénelon,
Helvétius, Mably, Montaigne, Racine, Raynal,
Malesherbes, Solon, Lycurgue; plus un portrait
de femme avant toute lettre. 20 pièces en couleur.
Ce numéro pourra être divisé.

605 — Les trois Consuls : Cambacérès, Bonaparte,
Lebrun. Au bas, dans une tablette, Barthélemy,
président du Sénat conservateur, présente au Premier Consul l'acte constitutif qui fixe le consulat à
vie. Belle pièce imprimée en couleur. Epreuve
superbe avec marges.

606 **Anonyme**. Louis XVI, Marie-Antoinette et le
Dauphin dans un médaillon rond; au bas, dans
une tablette, les Adieux de Louis XVI à sa famille.
Jolie petite pièce in-8 en couleur.

607 **Anselin**. Mme de Pompadour en jardinière, d'a-
près Vanloo. Superbe ép. avant la lettre. *Rare.*

608 — La même avec la lettre.

609 **Ardell** (J. Mac). Charlotte, reine d'Angleterre,
à la manière noire. In-fol. Très-belle épreuve.

610 **Arnoult** (N.) Louis de France, duc de Bourgo-
gne, enfant; Mme la princesse de Conty, douairière; comte de Tourville, vice-amiral de France.
3 portraits en pied, costumes Louis XIV.

611 **Aubert**. Louis, dauphin de France, fils de
Louis XV, d'ap. N. Lesueur, portrait équestre;
comte de Maurepas, en pied, gravé par Petit d'a-
près Vanloo. 2 portr. in-fol.

612 **Balechou**. Prosper-Jolyot de Crebillon, de l'A-
cadémie, d'après Aved. In-fol. Belle épreuve.

613 **Bartolozzi**. George, prince de Galles, charmant
petit portrait d'après Violet, 1791.

614 — Joli petit portrait de Femme, d'après Violet,
1792. Epreuve avant le nom. Ce portrait paraît
être celui de la femme du prince de Galles.

615 **Beauvais**. Meissonnier, architecte, d'après lui-
même. In-fol.

616 **Berey** (à Paris). Charlotte-Elisabeth, palatine,
duchesse d'Orléans, en pied, costume Louis XIV.

617 **Bervic**. Gabriel Senac de Meilhan, d'après Duplessis. In-fol. Très-belle épreuve.

618 **Blot**, 1780. André-Guill. de Gery, abbé de Ste-
Geneviève de Paris. Belle épreuve.

619 **Bloteling** (A.). Corneille de Witt, d'après J. de
Bane. Beau portrait à la manière noire. Gr. in-4.

620 **Boizot** (Marie-Louise-Ad.), 1775. Marie - Antoi-
nette, d'après L.-S. Boizot. In-4. Belle épreuve.

621 **Bonnard**. Madame, duchesse de Chartres; Ma-
rie-Eléonore d'Este, reine d'Angleterre; Madame,
princesse de Savoie; la duchesse d'Aumont, en
déshabillé; la princesse d'Espinoy; Mlle de Cha-
teautiers, fille d'honneur de Madame, duchesse
de Modène; Mme Dugué, de Bagnols. 9 portraits
en pied, costumes Louis XIV.

622 **Bonnet**. Louis XV, roi de France. In-fol. Beau
portrait à la sanguine.

623 — Comte de Provence, jeune, à la manière du
pastel en couleur.

624 **Bradel**, d'après nature, en 1779. Chevalier ou chevalière d'Eon de Beaumont en capitaine de dragons. In-fol. Belle épreuve.

625 **Canale** (Giuseppe). Marie-Antoinette, princesse de Pologne, électrice de Saxe, née princesse de Bavière, d'après elle-même. In-fol. Belle épreuve.

626 **Chereau** (F.). Nicolas de Largillière, d'après lui-même. In-fol. Très belle ép. collée en plein.

627 — Nicolas Delaunay, directeur de la Monnaie, d'après Rigaud. In-fol. Très-belle épreuve.

628 **Chereau** (F. à Paris chez). La princesse Sobiesky, d'après *Trinisani*. 1721. In-4. Très-belle épreuve.

629 **Chereau** le jeune. Mme de Sabran, la poitrine nue, tournée à droite et regardant à gauche; la même tenant un oiseau sur les doigts, d'après Vanloo. 2 charmants portraits, belles épreuves avec marges.

630 **Chevillet**. Diderot. In-fol., avant la lettre. Ep. superbe.

631 — M. Lenoir, d'après Greuze. Très-belle épreuve.

632 **Coquin** (L.). Messire Jacques-Alex. Le Tenneur, écuyer, Sr de Goumiers, conseiller du roi en la cour des aydes de Guienne. In-4.

633 **Cossin** (L.). Jacques-Nicolas Colbert, archevêque de Chartres, coadjuteur de Rouen, d'après Delaborde. In-fol. Très-belle épreuve.

634 **Daullé** (J.). Louis-Philippe d'Orléans, duc de Chartres, né à Versailles, le 12 mai 1725, d'après Belle. In-fol. Belle épreuve.

635 **Daullé** (J.) Marie, princesse de Pologne, reine de France, d'après Toqué. Grand et beau portrait en pied. Très-belle épr. avec marges.

636 — Mlle Pelissier de l'Opéra, d'après Drouais. 1re et superbe épreuve, avec l'adresse de Drouais. *Rare en cet état.*

637 — Benoît Stuart, fils de Charles II, frère du prétendant. In-fol. Superbe épr. avant toute lettre.

Au dos, il existe une autre épreuve de ce portrait.

638 — Claude Deshais Gendron, médecin de la faculté de Montpellier, d'après Rigaud. In-fol. Belle épreuve.

639 — Jean-Baptiste Rousseau, d'après Aved. Grand in-fol. Très-belle épreuve.

640 — N. de Gauffecourt, citoyen de Genève, d'après Nonotte. Beau portrait. Très-belle épreuve.

641 **Daullé** (manière de). Un Portrait d'ecclésiastique. Epreuve avant toute lettre.

642 **Daullé** et **Ravenet**. Mlle Lavergne, nièce de M. Liotard; elle est assise, vue à mi-corps, tournée vers la gauche et lisant une lettre, d'après J.-E. Liotard. Charmant portrait in-fol. *Rare.* Très-belle épreuve.

643 **Divers**. Robert de Cotte, gravé par P. Drevet; N. Poussin, par Pesne; Largillière, par C. Dupuis; Ant. Coypel, par Massé; C. Delafosse, par Duchange; François Girardon, par le même, Le Normand de Turneheim, par N. Dupuis; H. Rigaud, par Daullé; P. Mignard, par Schmidt; J.-B. Massé, par Will. 10 portraits.

644 Divers. J.-B.-François de Troy; Sébastien Leclère
fils, gravés par N. Delaunay; Guill. Coustou, par
de Larmessin; Et. Jeaurat, par Lempereur; F. Boucher, par Carmona. 5 portraits. Belles épreuves
avec grandes marges.

645 — Couronnement de Voltaire (1778), par Dupin,
d'après Desrais; Mlle Duthé, par Lebeau; Rosalie
Duplant, Mme Duclos, Préville, Baron, etc., par
divers. 8 pièces.

646 — Gessner, par St-Aubin; Piccini, par Cathelin;
Caillot, par Miger; Lavater. 4 portraits.

647 Drevet (Claude). Charles-Gaspard-Guillaume de
Vintimille, archevêque de Paris; comte de Sinzen-
dorff. 2 portraits in-fol., d'après Rigaud.

648 Drevet (P.). Louis-Alexandre de Bourbon,
comte de Toulouse, amiral de France, d'après Rigaud, 1re et superbe épreuve, avec une ancre de
chaque côté de l'écusson armorié, avant les chan-
gements dans la bordure et dans les lettres formant les noms et qualités du personnage, avec la
dédicace de Jean-Baptiste Thibaud. Dans cet état
la tablette supportant l'ovale du portrait est droite.
In-fol. *Très-rare* en cet état.

649 — (2e *état*.) Le même, avec une seule ancre soutenant l'écusson armorié. Rien de changé dans la
lettre, dans la bordure et dans la dédicace. Collé
en plein.

650 — Le même (3e état). La tablette est creusée en
cintre; il n'y a plus qu'une ancre au-dessous de
l'écusson. Les lettres sont plus petites, la bordure
est régularisée, et il y a pour dédicataires : Marie-
Claude-Augustin et Henri-François Duclos Bos-
sart.

651 **Drevet** (P.). Cardinal Fleury, d'après Rigaud.
In-fol. Très-belle épreuve.

652 — Mitantier, greffier de l'hôtel de ville de **Paris**,
d'après Largillière. In-fol. Belle épreuve.

653 — Charles-Gaspard Dodun, marquis d'Herbault,
contrôleur général des finances, d'après Rigaud.
In fol. Très-belle épreuve.

654 — Le cardinal Armand-Gaston de Rohan, d'après
Rigaud. In-fol. Très-belle épreuve.

655 — Philippe de Courcillon, marquis Dangeau,
d'après Rigaud. In-fol. Très-belle épreuve. Collé
en plein.

656 — François Girardon, d'après Vivien; Rob. de
Cotte, architecte, d'après Rigaud. 2 pièces.

657 — Christian de Guldenleu, colonel du régiment
Royal-Danois en France, d'après Rigaud. In-fol.
Très-belle épreuve. Collé en plein.

658 — J.-Balthasar Keller; cardinal Dubois; cardinal
Fleury; Hyacinthe Rigaud. 4 portraits in-fol., collés en plein.

659 **Dupin** fils. L'abbé de Voisenon, d'après Cochin
fils. Joli petit portrait in-8.

660 **Edelinck** (G.). Bossuet. R. D. 156. Belle épreuve
du 1er état.

661 — Frédéric Léonard, premier imprimeur du roi.
R. D. 242. Très-belle épreuve du 2e état. Collé en
plein.

662 — Jules Hardouin-Mansart. R. D. 267. Belle ép.
du 2e état. Collé en plein.

663 **Edelinck** (N.). Marie de Rabutin-Chantal, marquise de Sévigné, d'après Nanteuil. Très-belle épreuve avant le trait d'union entre Rabutin et Chantal. La partie de la gauche du bas dans la tablette est refaite à la plume.

664 **Elluin.** François-René Molé, acteur célèbre, dans Beverley, d'après Leclère. In-fol. en hauteur. collé en plein.

665 **Faber,** 1737. Lisabetta Duparc, detta la Francesina, d'ap. Knapton. In-fol. à la manière noire.

666 **Fiquet.** Montaigne, Lamothe Levayer, Regnard, · Arnaud d'Ossat, Alex. Farnèse, René Pucelle, comte de Toulouse, Saugrain, Charles-Frédéric III, roi de Prusse. 9 portraits. Anciennes et belles épreuves.

667 **Gaillard.** Guil.-Franç. Joly de Fleury, d'après Didier. In-fol. Belle épreuve.

668 **Gautier.** Dessault, chirurgien en chef de l'Hôtel-Dieu de Paris; Ant. Dubois, prof. à l'Ecole de médecine de Paris; Forlanze, docteur chirurgien-oculiste. 3 portraits en couleur. In-4.

669 **Gillray.** Prince de Saxe-Cobourg, d'après Loutherbourg. En couleur.

670 **Green** (V.). Charles, archiduc d'Autriche, d'après Loutherbourg. Beau portrait en couleur.

671 **Hollar.** Alathea Talbot, comtesse d'Arundel, d'après Van Dick. Très-belle épreuve du 1er état, *avec l'adresse de Meyssens.*

672 **Larmessin** (de). Marie-Josephe de Saxe, dauphine de France, en pied, d'après Vanloo. In-fol. Très-belle épreuve.

673 Larmessin (de). Charles-Henri de Lorraine, prince de Vaudemont, d'après Ranc. In fol.

674 Latour (d'après). Silvia, charmant portrait gravé par Surugue fils. In-fol. Très-belle épreuve.

675 Lempereur (L.). Etienne Jeaurat, peintre, d'après Roslin. Très-belle épreuve.

676 Levachez. Bonaparte, premier consul, d'après Boilly; au bas, Revue du Quintidi dans la cour des Tuileries. Beau portrait en couleur. In-fol. Très-belle épreuve.

677 — Joséphine, impératrice des Français, joli portrait en couleur. In-4.

678 — Louis XVIII assis, d'après Robert Lefevre. Grand et beau portrait en couleur.

679 — Duchesse d'Angoulême. Joli portrait in 4, imprimé en couleur. *Rare.*

680 Lombart (L.). Félix Vialar, évêque et comte de Châlons, d'après Nanteuil. In-fol. à la manière noire.

681 Lombart (P.). Comtesses de Morton, de Bedford, de Middlesex, de Canarvæn, etc.; Henri, comte d'Arundel et comte de Pembroke, d'après Vandyck. 10 pièces.

682 Macret. Joseph Legros, de l'Académie royale de musique, d'après Leclère. In-4. Très-belle épr.

683 Marcuard (Rob.). Bartolozzi, d'après Joshua Reynolds Très-belle épreuve, avec les noms des artistes et du personnage, à la pointe.

— Le Même, avec la lettre gravée au burin.

684 Mariette J. (à Paris, chez). Mme la duchesse de Bouillon assise; Mlle de Pons en pied. 2 portraits, costumes Louis XIV.

685 **Mechel** (manière de). Charles-Louis, archiduc d'Autriche, vers 1797. Joli portrait in-4⁰, imprimé en couleur.

686 **Mellan** (Claude). Anne d'Autriche, Richelieu, Nicolas Fouquet, Claude de Rebe, cardinal Duperron, Henri-Louis Habert de Monmor, Charles de Gondrin, Charles de Crequy, etc. 31 portraits. *Ce nº sera divisé.*

687 **Moitte.** Le président Henaut, d'après Saint-Aubin. In-fol. en hauteur.

688 **Moreau** jeune, 1770. Papillon de la Ferté, contrôleur-général des menus-plaisirs et affaires de la chambre du roi. Joli portrait in-4⁰, *rare.*

689 **Moret.** Louis d'Assas, capitaine au régiment d'Auvergne, d'après Gay de Brie, in-4⁰ imprimé en couleur, *rare.*

690 **Morghen** (Raphaël). Adeodatus Turchi, ord. cap. in patria episcopus, d'après Vieira ; Pie VII, gravé par Lapi, d'après Bazzoli. *Morghen cœpit et perfecit.* 2 pièces.

691 **Muller** (J.-G.). Mᵐᵉ Lebrun, d'après elle-même. Très-belle épreuve.

692 — Jean-Georges Will, d'après Greuze. In-fol. Belle épreuve.

693 — Pierre, peintre, à l'âge de 18 ans, d'après lui-même. Charmant portrait. Très-belle épreuve avant le nom du graveur.

694 **Phelippeaux.** Marie-Antoinette, *reine des Français,* d'après Mᵐᵉ Dubos. In-8⁰, en couleur.

695 **Poilly** (N.-B. de). Jacques Vincent, imprimeur-libraire, in-fol. Belle épreuve. Sébastien Leclerc, par Cl. Duflos. 2 pièces.

696 **Preisler** (J.-M.). Frédéric V, Ludovica, roi et reine de Danemark, et Christian enfant, prince de Danemarck, d'après Pilo. 3 pièces. Belles épreuv.

697 **Romanet**. Jean Grimoux, peintre, d'après lui-même, gravé par Romanet.

698 **Savart**. Boileau, Richelieu, le grand Condé, Fénelon, Racine, avec l'adresse *près le petit Saint-Antoine;* Colbert, avec l'adresse : *barrière Fontarabie;* cardinal de Bernis, avec l'adresse : *hôtel Chamouzet.* 7 portraits.

699 **Schmidt** (J.-F.). De Latour, peintre, d'après lui-même. Il est accoudé sur l'appui d'une fenêtre. Beau portrait in-fol.

700 **Schmuzer** (J). Chr.-Guil.-Ern. Diétricy, peintre, d'après lui-même, in-fol. en hauteur. Belle épr.

701 **Schuppen** (P.-Van). Vandermeulen, peintre, d'après Largillière. In-fol. Belle épreuve.

702 **Sergent**. M. Necker. Charmant portrait in-4°, imprimé en couleur. Très-belle épreuve.

703 **Sherwin**. Sir Joshua Reynolds, célèbre peintre anglais, d'après lui-même. Très-belle épreuve.

704 **Silvestre** (d'après Louis de). Marie-Josephe, reine de Pologne, grand et beau portrait en pied, gravé par J. Daullé.

705 **Silvestre** (Suzanne). Charles, duc de Berri, d'après Rigaud. In-fol. Collé en plein.

706 — L'archiduc Albert, gouverneur des Pays-Bas, d'après Rubens. Un peu rogné du haut.

707 **Simonneau**. Duchesse d'Orléans, princesse palatine, d'après Rigaud. In-fol. Très-belle épreuve, -tachée.

708 **Surugue** (L.). Mme de Mouchy en habit de bal, d'après Ch. Coypel. Charmant portrait de femme. Très-belle épreuve.

709 **Tardieu** (J.). Marie, princesse de Pologne, reine de France, d'après Nattier. In-fol. Belle épr.

710 — Mlle Sophie-Louise Wilhelmine de Lafont, d'après de Lapierre en 1769. In-fol. Très-belle épreuve avant toute lettre, *rare*.

711 — La même. Belle épreuve avec la lettre.

712 — Charles-François Delorme, abbé de Sainte-Geneviève de Paris, d'après Duplessis. In-fol. Belle épreuve.

713 **Tassaert**. Charlotte Corday, d'après Haver. Très-belle épreuve avant la lettre dans la tablette. *C'est le portrait annoncé dans le Journal de Perlet du 27 juillet 1793, et l'un des plus authentiques, Haver ayant, dit-on, été admis à peindre Charlotte Corday dans sa prison.*

714 **Thomas** (N.), 1783. Le comte de Saint-Germain, célèbre alchimiste. In-fol. *rare*. Très-belle épreuve.

715 **Trouvain** (A.) (à Paris, chez). Princesse de Bade; comte de Tourville; duchesse de Saint-Simon; Comtesse d'Olonne étant à l'église; princesse de Conty douairière; duchesse de Valentinois en habit de bal. 6 portraits en pied, costumes Louis XIV.

716 **Vangelisti**. Charles Gravier comte de Vergennes, d'après Collet. In-fol. Belle épreuve.

717 — Le maréchal de Richelieu, duc et pair de France, d'après Gault de Saint-Germain. Grand in-fol.

718 **Vermeulen**. Louis XIV, d'après Geuslin. Très-belle épreuve. Roettiers, d'après Largillière. 2 portraits in-fol.

719 **Watson** (J.). Mme la marquise de Pompadour, d'après Boucher. In-4º, à la manière noire.

720 **Waumans**. Emilie de Solms, princesse d'Orange, d'après Van Dyck. Très-belle épreuve du 1er état *avec l'adresse de Meyssens*.

721 **Will** (J.-G.). Pierre de Guerin, Cardinal de Tencin, archevêque de Lyon, d'après Parrocel. In-fol. Belle épreuve.

722 — Woldemar de Lowendal, d'après de Latour. Belle épreuve.

723 **Ioung**. William Pitt, et Ch.-James Fox, d'après Hickel. 2 beaux portraits en couleur.

724 — Feld-maréchal Wurmser, d'après Brand. Beau portrait en couleur.

725 **Zecchin**. Bonaparte, premier consul, à cheval, d'après Boldrini. In-fol. en hauteur, imprimé en couleur, *rare*.

ÉCOLE ANGLAISE

726 **Baillie** (W.). Scène de débauche, d'après Molenaer ; jeune femme travaillant à la lumière, d'après G. Dow. 2 pièces à la manière noire.

727 **Bartolozzi**. Jeune Femme tenant une tablette et paraissant faire écrire l'Amour sous sa dictée, d'après Cipriani ; Amours chauffant leurs traits au feu de leurs torches. 2 charmantes pièces, épreuves avant la lettre.

728 **Bartolozzi.** Sorrows of Verther, d'après Ram-
berg; Fatima, Alsacienne, d'après A. Kauffman;
Youth, d'après R. Cosway. 5 pièces.

729 — The Birth of Shakespeare, Tancrède et Clorinde. 2 pièces, d'après A. Kauffman, à la sanguine.

730 **Berghe** (J.-J. Vanden), élève de Bartolozzi.
Nymphs Bathing, Diana and Shepherdess. Deux
grandes pièces, d'après Diétricy, en couleur.

731 **Dickinson** (V.). Jeune Femme debout, d'après
R. Cosway, charmante pièce en couleur.

732 **Divers.** The Fairing par Turner, d'après Single-
ton; Conjugal affection, par R. Thew, d'après
Smirke; Mrs Orby Hunter, par Joung, d'après
Hoppner. 3 pièces.

733 — Rural-amusement, par Smith, d'après Morland;
Archness, Hopner del; le Désir satisfait, d'après
A. Kauffmann; le Premier Né; Leonora par
Withe, etc. 9 pièces en couleur.

734 — Duchesse de Devonshire; miss Duncan; miss
Blomfield; Psyché; le Bain, etc. 9 pièces en couleur.

735 — Portraits de femmes, d'après Cotes, Moreland,
Kneller, etc. 17 pièces, à la manière noire.

736 — 14 pièces, la plupart figures de femmes, gravées à la manière noire, par Mac-Ardell, Fisher,
J. Watson, etc.

737 **Earlom.** Chasse au tigre, d'après Zoffany. Très-
belle épreuve.

738 — Satyres regardant Diane et ses Nymphes endormis, d'après Rubens. Très-belle épreuve avant
la lettre.

739 Earlom. Rubens's Son and Nurse. Belle composition, d'après Rubens.

740 — The Larder. Belle composition, d'après Martin de Vos.

741 — Nature morte, gibier, on voit à gauche un jeune homme portant un paon mort, d'après Snyders. Très-belle épreuve avant la lettre.

742 — A Flower, d'après Van Huysum. Belle pièce.

743 — La Vierge et l'enfant Jésus, d'après le Guerchin. Très-belle épreuve.

744 — Vénus et Adonis. Belle composition, d'après N. Poussin.

745 — Sommeil de Bacchus, d'après L. Giordano. Belle pièce à la manière noire.

746 — Le jugement de Pâris, d'après Lucas Giordano. Belle pièce à la manière noire.

747 — Intérieur du Panthéon de Londres, d'après Brandoin. Belle pièce à costumes, à la manière noire.

748 — The Singing Master, d'après Schalken.

749 Eginton. Hébé, d'après Hamilton.

750 Faber. Compositions et portraits gravés à la manière noire, d'après Mercier, Vanloo, etc. 12 p.

751 Fisher (Ed.). William Earl of Chatham, d'après Brompton. Beau portrait en pied en couleur. Gr. in-fol. collé en plein.

752 Gainsboroug (d'après). David Garrick, gravé par Val. Green. Très-belle épr.

753 — Hobbinol et Gambresta, jolie pièce gravée par Tomkins, élève de Bartolozzi.

754 **Geyger**. Vénus et Adonis, d'après A. Kauffmann, à la manière noire. Superbe épr. avant toute lettre.

755 **Green** (V.). Their Royal Hignesses, d'ap. B. West. Collée en plein.

756 — Garrick et M.rs Pritchard, dans la tragédie de *Macbeth*, d'après Zoffany.

757 — Deux jolis portraits de femmes, d'après Calze, à la manière noire.

758 — Prince Rupert, d'après Rembrandt.

759 — Créuse apparaissant à Enée, Diane. 2 p. d'après Maria Cosway. Très-belles épr.

760 **Houston** (R.). Les Cinq Sens représentés par de jeunes femmes, d'après Haymann. 5 p. à la manière noire.

761 **Kauffmann** (Angelica). Penserosa, Hebé, l'Allegra, Winkelmann, etc. 7 p. à l'eau-forte, imprimées en bistre.

762 **Knight** (C.). Tragic Readings, d'après Boyne. En couleur.

763 **Lowerie** (Rob.). The flemish Ratt Catcher, d'après Ostade, à la manière noire. Très-belle épr.

764 **Ogborne** (J.). Mrs. Jordan in the character of the Country Girl, d'après Romney. Jolie pièce en couleur. In-fol.

765 **Pether** (W.). Un officier à mi-corps et en cuirasse, coiffé d'un chapeau rond avec plume, d'après Rembrandt à la manière noire. Très-belle épreuve.

766 **Rheyn**, 1793. Une Danseuse portant une couronne de fleurs dans les cheveux, d'après Stroely; à la manière noire. Avant la lettre.

767 **Reynolds** (d'après Joshua). Lady Keppel. Superbe épr. avant toute lettre. *Rare.*

768 — Jeune Fille portant un manchon, gravé par J. R. Smith. Épr. avant la lettre.

769 — Lady Manchester, en Diane, cherchant à dérober l'arc de l'Amour, gravé par Watson. Superbe épreuve.

770 — A Lady and Child, gravé par Grozer.

771 — Miss Crieuse and her sister, gravé par Brooksaw; Lady vicomtesse, et miss Georgina Spencer, par S. Paul; Miss Nelly O Brien, par J. Watson; Mary Hope, par E. Fisher. 4 pièces.

772 — Marquis de Granby, gravé par J. Watson. Très-belle épr.

773 — Mrs. Robinson, gravé par W. Birch. Joli petit portrait en couleur.

774 — Lady Smith avec trois enfants, comtesse d'Harrington avec deux enfants. 2 jolies pièces gravées par Bartolozzi.

775 — Cornélie et ses Enfants, gravé par C. Wilkin.

776 — Mrs. Stanhope, par Smith; à la manière noire.

777 — Miss Fordyce, gravé par Ph. Corbutt; miss Kitty Fischer, par R. Houston. 2 pièces à la manière noire.

778 — Mrs. Cholmondley, gravé par Corbutt; vicomtesse Spencer, par Th. Watson. 2 p. à la manière noire.

779 — George, prince de Galles, s'apprêtant à monter à cheval, gravé par Haward.

780 — Lieut.-col. Tarleton, gravé par J. R. Smith; à la manière noire.

781 **Reynolds** (d'après Joshua). Jeune femme tenant un oiseau sur une main. Jolie pièce gravée par Houston.

782 — Bacchus, gravé par J. R. Smith.

783 — Deux portraits de femmes, gravés à la manière noire, par V. Green.

784 — Miss Kitty Fischer; miss Fordyce; miss Grenvay; Elisabeth, duchesse d'Hamilton-Brandon. 4 jolis portraits de femmes gravés par divers.

785 — Princesse Charlotte de Saxe-Cobourg, d'après G. Dowe. Beau portr. à la manière noire.

786 — L'Allegro. Belle pièce à la manière noire.

787 — Lady Élisabeth Laura, Charlotte Maria, Anne Horatia, sur la même feuille. Belle pièce gravée par V. Green.

788 — Beau portrait de femme ayant près d'elle un paon, et recevant la ceinture de Vénus, gravé par J. Dixon.

789 Diana, vicomtesse Crosbie, gravé par Dickenson.

790 — Lady Melbourne et la duchesse de Malborough, gravé par Th. Watson et R. Houston. 2 p.

791 — Vicomtesse Spencer et miss Georgiana Spencer, gravé par S. Paul à la manière noire. Très-belle épr.

792 — Lady Élisabeth Montagu, Arm. Dawson, Caroline Russell. 3 p. gravées par Mac.-Ardell.

793 — Duchesse de Devonshire; Louis-Philippe-Joseph, duc d'Orléans; Élisabeth, comtesse de Derby; Jane, comtesse d'Harrington, etc. 29 pièces gravées par divers. *Ce numéro pourra être divisé.*

794 **Snilliar** (L.). Héléna Forman, d'après Vandyck. Très-belle épr. avant la lettre.

795 **Sandby** (Paul). 12 descris de Londres, à l'eau-
forte. 12 pièces.

796 **Say** (W.). Crossing the Brook; the Sphipwrecked
mariner. 2 pièces à la manière noire, d'après
Thompson.

797 — Dorothée, d'après Clarke. Jolie pièce à la manière noire. Très-belle épr.

798 **Sherwin.** Bacchus et Ariadne. Jolie pièce en
couleur.

799 **Smith** (J.). L'Amour et Psyché; Tarquin et Lu-
crèce. 2 pièces à la manière noire.

800 **Smith** (J. R.). Katherine Mary et Thomas-John
Clavering, d'après Romney. Jolie pièce en couleur.

801 — Carlini, Bartolozzi, Cipriani, d'après Rigaud;
à la manière noire. Superbe épr. avant la lettre.

802 — Scène de duel, d'après Wehally. Superbe
épreuve avant la lettre.

803 **Tomkins** (P. W.). A l'Anglaise et à la Française.
4 jolies pièces à costumes, d'après Ansell.

804 **Walker** (W.). Balthasar Gerbier et sa Famille,
d'après Ant. Vandyck. Épreuve avant la lettre.
— La même avec la lettre.

805 **Ward** (W.). Visite au grand-papa, d'après Smith.
En couleur.

806 — A Visit to the grandfather, d'après J. R. Smith.
Belle pièce à la manière noire.

807 — The alpine Traveller, d'après Northcote. Belle
pièce à la manière noire.

808 — The peasants sandays Dinner; the Country
Batcher's shop. 2 p. gravées par S. W. Reynolds.

809 **Ward** (par et d'après). Louisa, Morning or the
reflection. 4 jolies pièces, dont deux en couleur.

810 **Watson** (J.). Joshua Reynolds, d'après Himself.

811 — The musical Lady, d'après Metzu ; à la manière noire.

812 **Watson** (Thomas). Lady Whitmore, d'après
Peter Lely; Lady Philadelphie Wharton, par Dun-
karton, d'après Vandyck. 2 beaux portraits à la
manière noire.

PIÈCES MODERNES

813 **Audouin**. Jupiter et Antiope, d'après le Corrége.
Superbe épreuve avant la lettre.

814 — Vénus se tirant une épine du pied, d'après
Raphaël. Très-belle épreuve avant la lettre.

815 **Bernardi** (Jacopo). La Vierge donnant le sein à
l'Enfant Jésus, d'après L. de Vinci. Belle épr.

816 **Bonato** (Pietro). La Sacra Famiglia, d'après le
Corrége. Charmante pièce. Épreuve superbe.

817 — Mater amabilis, d'après le Corrége. Belle épr.
d'une jolie pièce.

818 — Sainte-Famille, d'après le Corrége. Très-belle
épreuve.

819 **Bridoux**. Laure de Pétrarque, d'après Simon
Memmi.

820 **Claessens**. Le Rieur, Musiciens de village, les
Amours de J. Steen, Portrait de Richardot, etc.,
d'après divers. 15 pièces.

821 **Divers**. Sujets de vierges par Bertonnier, d'après
Raphaël, avant la lettre ; par Barocci et Pestrini,
d'après Raphaël. 3 pièces.

822 **Folo** (Giovanni). Adam et Ève, d'après le Titien.

823 **Forster**. Uranie et Thalie, gravé par Leroux.
2 pièces d'après Raphaël.

824 — Raphaël Sanzio, d'après lui-même. Très-belle
épreuve.

825 **Gandolfi**. La Sainte Vierge, l'Enfant Jésus, saint
Jérôme, sainte Magdelaine et un Ange. Très-belle
composition d'après le Corrége. ·

826 **Guerin** (C.). Vénus désarmant l'Amour, d'après
le Corrége. Épreuve avant la lettre.

827 **Ingres** (d'après). Raphaël et la Fornarina, gravé
par Pradier. Très-belle épr. sur papier de Chine.

828 **Jazet**. Les Apprêts du bal, d'après Léopold Robert ; Judith, d'après Allori. 2 pièces.

829 **Laugier**. L'Empereur Napoléon, en pied, d'après
David, 1812. Très-belle épr. sur papier de Chine.

830 **Leisnier**. Marc-Antoine Raimondi, d'après Raphaël.

831 **Leroux**. Léda, d'après Léonard de Vinci. Épr.
avant la lettre sur papier de Chine.

832 — 1837. La Vierge du Musée de Parme, d'après
le Corrége. Très-belle épreuve.

833 **Longhi**. Le Génie de la musique vainqueur de
l'Amour, d'après le Guide ; Galathée, d'après l'Albane. 2 pièces.

834 **Massard** (J. B. L.). Silence de la Vierge, d'après
Raphaël. Très-belle épreuve.

835 **Meyer** (d'après Mlle). L'Innocence préfère l'A-
mour à la Richesse, fort jolie pièce qui rappelle le
sentiment de Prud'hon, gravée par Roger. Superbe
épreuve avant la lettre.

— La même avec la lettre.

836 **Morghen** (Raphaël). Jeanne d'Aragon, d'après
Raphaël. Épreuve avant la lettre.

837 — Apollon et les Muses, d'après Mengs ; Diane et
ses Nymphes, d'après le Dominiquin. 2 pièces.

838 — Sainte Famille, d'après Rubens ; saint Jean,
d'après le Guide. 2 pièces.

839 — La Poésie, d'après Hamilton. Très-belle épr.

840 — La Peinture, d'après Hamilton.

841 **Muller** (H. C.). L'Amour découvrant Adonis endormi et le montrant à Diane, d'après M. Lan-
glois. Epreuve avant la lettre.

842 **Pavon** (Ignace). La Vierge tenant sur ses genoux
l'Enfant Jésus, à qui le petit saint Jean présente
une croix, d'après Raphaël. Epr. avant la lettre.

843 — La Vierge avec l'Enfant Jésus et le petit saint
Jean, d'après Raphaël. Epreuve avant la lettre.

844 — Mater pulchræ dilectionis, d'après Ann. Carrache. Très-belle épreuve, lettre grise.

845 — La Magdeleine, d'après Schidone ; le Bain de
Léda, d'après le Corrége. 2 pièces.

846 **Perfetti** (Antonio), *incise*. **R. Morghen,**
diresse. Repos en Egypte ; des Anges apportent
de la nourriture à l'Enfant Jésus. Belle composition, d'après N. Poussin.

847 **Potrelle**. L'Amour et Psyché, d'après L. David.
Epr. avant la lettre.

— La même avec la lettre.

848 **Rainaldi** (Franco). Enlèvement d'Europe, d'après Paul Véronèse ; Diane changeant Actéon en cerf, d'après l'Albane. 2 grandes et belles pièces.

849 **Richomme** (J. T.). Sainte Famille, d'après Raphaël. Superbe épreuve avant la lettre.

850 — Adam et Ève, d'après Raphaël. Très-belle épr.

851 **Rosaspina**. Sainte Famille, d'après le Guerchin.

852 **Schmuzer** (J.). Saint Ambroise et Théodose le Grand. Très-belle épreuve avant la lettre.
— La même avec la lettre.

853 **Sixdeniers**. Catherine II, impératrice de Russie. Grand portrait en pied, d'après Lambi.

854 **Toschi.** Adonis contemplant Vénus endormie. Très-belle épreuve sans marge dans le haut et sur les côtés. Une bande de papier blanc est collée sur la marge du bas.

PEINTURE

855 **Rubens** (Ecole de). Sujet mythologique. On voit vers la gauche une bacchante nue couronnée de feuilles de vigne ; elle est à demi-couchée sur une draperie. Au-dessous d'elle est un enfant nouveau-né. A droite, un enfant monté sur un bouc qu'un autre enfant tient par la barbe. Charmante composition peinte sur cuivre.

DESSINS

856 **Baccio Bandinelli**. La Vierge tenant l'Enfant Jésus sur ses genoux. Dessin à la plume.

857 **Bartolomeo** (Fra.). Ornement religieux cintré par le haut, où se voient de chaque côté un ange; au bas, cartouches dans l'un desquels est la Magdeleine. Beau dessin mal conservé.

858 — Composition religieuse de 8 fig. Beau dessin.

859 **Belanger**, architecte. Vue de la grande façade du château d'Artois à Saint-Germain-en-Laye, telle qu'elle a été proposée au comte d'Artois, par Belanger. Grand dessin en largeur, lavé et colorié.

860 **Berain** et **Bibiena** (manière de). Décorations théâtrales pour l'Académie royale de musique; catafalques; apothéose; fontaine, etc. 52 dessins. Scènes et perspectives variées. *Ce numéro pourra être divisé.*

861 **Binelli**. Trois Enfants dans les blés faisant des bouquets de bleuets et de coquelicots. Jolie petite aquarelle d'un artiste contemporain.

862 **Boilly**. La Comparaison des petits pieds. Jolie composition. Dessin lavé et colorié à plusieurs tons. In-fol. en hauteur.

863 — Jeune homme entourant la taille d'une jeune femme qui lui passe en souriant un bras autour du cou. Dessin lavé et colorié à plusieurs tons. In-fol. en hauteur.

864 — Jeune fille faisant offrande d'un couple de tourterelles à l'Amour. Jolie gouache.

865 **Boucher**. Vénus à demi-couchée tenant une colombe. Charmant dessin à plusieurs tons, rehaussé de blanc. Il porte dans le bas, à droite, une marque d'amateur avec les initiales : J. D.

Nous joignons à ce dessin la gravure en sens contraire, par L. Bonnet, à plusieurs crayons. Elle porte pour titre : *Le Réveil de Vénus.*

866 **Boucher.** Jeune fille assise dans la campagne, elle a un panier de fleurs au bras. Joli dessin sur papier bleu, avec rehauts de blanc.

867 — Jeune femme à mi-corps, vue de dos, dirigée vers la gauche. Joli dessin à plusieurs crayons.

868 **Callet**, *fecit*, 1807. La Paix et l'Abondance, exécutées en grand dans la salle du Sénat conservateur, destinée à la statue de Napoléon Ier. Beau dessin collé sur carton.

869 **Cangiage** (Manière du). Une jeune femme saisit l'occasion par les cheveux. Fort joli dessin à la plume.

870 **Carrache** (Louis). La Vierge tenant sur ses genoux l'Enfant Jésus. Dessin à la plume d'un beau sentiment.

871 **Cauvet** (Manière de). Montant d'ornements avec trophées, guirlandes et petits Amours. 4 jolis dessins lavés à l'encre de Chine.

872 **Challe.** Heliogabale dans son char traîné dans Rome par des femmes nues représentant les neuf Muses. Belle composition. Dessin à la plume, lavé à la sépia.

873 — Festin de Sardanapale avec ses concubines. Charmante composition. Dessin à la plume, lavé à la sépia.

874 **Charpentier.** Jeune femme assise près d'un guéridon, sur lequel on voit une théière, un verre et une tasse. Derrière elle, appuyé sur sa chaise, un jeune homme paraît lui faire sa cour. Joli dessin à la plume, lavé à l'encre de Chine. (Costumes des premiers temps de la République.)

875 **Choffard**. Trophées. 4 dessins à la sanguine.

876 **Cochin** *filius*. 1752. Tête de page. Composition
de 7 figures allégoriques sur les beaux-arts. Joli
petit dessin au crayon.

877 **Courvoisier**. Vue du Palais de Justice dans la
Cité. Peint à la gouache.

878 **Crenice** (de). Fontaine jaillissante, dessin à la
plume, dédié à M. de Bernage, prévôt des mar-
chands de la ville de Paris.

879 **Dagnan**. 1828. Vue exacte du château de Lan-
geais, d'après nature. Dessin au crayon.

880 **Deharme**. 1790. Enfants jouant avec une chèvre.
Jolie composition avec entourage de fleurs et rinceaux. Beau dessin d'ornement.

881 **Delafosse**. Lampes, girandoles, casques, etc.
14 motifs, jolis dessins, lavés à plusieurs tons.

882 **Demarne**. Paysages avec figures et animaux.
2 dessins, lavés à la sépia.

883 **Denon**. Composition de trois figures. A gauche,
se trouve un vieillard assis qui tient la main
d'une jeune femme, et baise amoureusement son
bras. A droite, est un jeune homme; il prend
la taille de la jeune femme qui se retourne vers lui
et semble répondre à ses caresses. Joli petit dessin, lavé à l'encre de Chine, avec rehauts de blanc.

884 **Desrais** (manière de). Intérieur de théâtre,
ballet. Costumes époque Louis XVI. Joli dessin à
la plume, lavé à l'encre de Chine.

885 — 1785. *Sol lucet pro normannis*, allégorie. Souhait de fête à un vieillard auquel des jeunes gens
apportent des bouquets; Plantation d'un mai,
ronde autour d'un arbre au son de la musique de
l'Amour, etc. 8 dessins à la sépia. (Costumes
Louis XVI.)

886 **Desrais.** Un jeune homme et deux jeunes femmes portant de hautes coiffures du temps de Louis XVI, se disposent à monter en voiture. Dessin, lavé à l'encre de Chine.

887 **Divers.** Architecture et ornements, décorations d'intérieur, plafonds, etc. 12 dessins.

888 Beau dessin de char, lavé et colorié à plusieurs tons; époque Louis XV.

889 Voiture sous Louis XV. Beau dessin très-terminé, colorié.

890 Un Saint-Sacrement. Beau dessin à la sanguine. Epoque Louis XV.

891 Décoration théâtrale représentant un Arc-de-Triomphe. Beau dessin animé d'un grand nombre de figures. A la plume, lavé à l'encre de Chine.

892 Décoration d'une grande richesse. Beau dessin, lavé à plusieurs tons.

893 Alliance de Bacchus et l'Amour buvant près d'une fontaine surmontée d'un vase. Charmant dessin à la sanguine, lavé à plusieurs tons.

894 Décoration pour une cérémonie funèbre. Dessin à l'encre de Chine.

895 Architecture, ornements, plafond, table et guéridon, arc-de-triomphe, Saint-Sacrement, perspective de jardin avec charmille, etc. 11 dessins.

896 Fontaines, candélabre, pendule, armoire, tombeaux, etc. 14 dessins.

897 Architecture, plafonds, tente, frise, rinceaux, etc. 22 dessins. *Ce numéro pourra être divisé.*

898 Ornements, décorations, architecture, fauteuil à la reine, chiffre entremêlé de fleurs, plafond, tentes, etc. 22 dessins. *Ce numéro sera divisé.*

899 Divers. Pendule, plafond, encadrement, cartoûches, vases, façade de palais, etc. 21 dessins. *Ce numéro pourra être divisé.*

900 Groupes d'anges s'élevant autour de la croix; Groupes d'Amours; Danse d'Amours autour d'un piédestal sur lequel est placé l'Amour; un Vase, par Adam; Sujet de plafond, pièces allégoriques, etc. 13 dessins, de l'Ecole française du xviiie siècle.

901 Fresque ornementée, dans le haut sujet de Galathée. Beau dessin à la plume, lavé.

902 Dessin d'architecture, trois arcades, avec figures et ornementation.

903 Vue d'un parc. Joli dessin, lavé et colorié.

904 Élévation de la tour de Cordouan à l'embouchure de la Garonne, à 15 lieues de Bordeaux, servant de phare. Beau dessin, lavé.

905 Anges portant et soutenant la croix. Joli dessin, colorié à plusieurs tons.

906 **XVIe siècle. École hollandaise**. Jésus au milieu des docteurs dans l'intérieur d'une église gothique. Composition de 17 figures. Dessin à la plume, légèrement lavé.

907 Des Anges faisant des offrandes à la Vierge. Belle composition. Dessin à la plume, lavé à la sépia.

908 La Magdelaine, à genoux, aux pieds du Christ en croix. Joli petit dessin à la plume, très-fini (xviie siècle).

909 Satyre regardant uue Nymphe endormie, compositions différentes. 2 dessins lavés à la sépia.

910 Scène de carnaval, composition d'un grand nombre de figures. Dessin lavé et colorié à plusieurs tons.

911 Un Orateur monté sur une table dans un café du Palais-Royal et haranguant la foule. Dessin au crayon. (Scène de la Révolution.)

912. Petits jeux. Le Baiser dos à dos. Jolie composition de cinq figures, dans la manière de Bosio. Dessin très-fini, lavé et colorié. (Intérieur et costumes de l'Empire.)

913 **Eisen** (Ch.). Groupe de trois Amours   oli petit dessin au crayon.

914 **Fontaine** (H.). *Ad vivum del.*, *1799*. Portrait d'homme dans un médaillon rond.

915 **Fragonard** (H.). Intérieur d'un parc. Jolie gouache.

916 — Paysage. Au milieu un grand arbre sous lequel on voit une femme avec plusieurs enfants. Charmant petit dess´ ι légèrement lavé.

917 **Ecole française, XVII**ᵉ **siècle.** Seigneur du temps de Louis XIV conduisant une dame. Dessin lavé à l'encre de Chine.

918 — Jeune femme ayant près d'elle, à sa gauche, une jeune fille qui lui remet des fleurs; chasseur montrant une pièce de gibier à son chien; portrait de magistrat assis sur un fauteuil; figure de femme accoudée sur un globe. 4 dessins sur papier bleu, avec rehauts de blanc.

919 **Ecole française, XVIII**ᵉ **siècle.** Promenade dans un jardin public, composition d'un grand nombre de figures. Joli dessin à la plume. (Epoque Louis XV.)

920 — Une Déclaration. Le galant est aux genoux de sa belle; une rivale, cachée derrière un arbre, semble écouter. (Costumes Louis XVI.) Joli petit dessin de forme ronde, lavé à l'encre de Chine.

921 Une Exposition de tableaux sous Louis XVI. Le sujet n'est que faiblement indiqué par un homme monté sur une échelle et accrochant un tableau, par un commissionnaire et des artistes venant de la gauche. Composition d'un grand nombre de figures, hommes et femmes. Dessin lavé et colorié.

922 Banquet dans une salle éclairée par un lustre au milieu. De nombreux convives, hommes et femmes, sont placés autour d'une table. Dessin au crayon. Gr. in-fol. en largeur. (Costumes époque Louis XVI.)

923 Costumes de femmes sous Louis XVI, au crayon et coloriés. 4 dessins.

924 Jeune femme en chemise à une fenêtre regardant dans une lorgnette. Joli dessin à la sanguine.

925 Jeune femme vue à mi-corps. Dessin ovale en hauteur à plusieurs crayons.

926 Jeune femme mettant sa jarretière. Joli dessin lavé à l'encre de Chine.

927 Scène de mascarade, époque Louis XVI. Dessin au crayon.

928 Bacchante couchée exprimant le jus d'une grappe de raisin au-dessus de la tête d'un Bacchus. Jolie petite gouache de forme ronde.

929 Les Trois Grâces entourant l'Amour, dont elles semblent vouloir enchaîner les ailes avec des guirlandes de fleurs. Dessin légèrement lavé.

930 Vénus et Adonis, ovale en hauteur. Joli dessin au crayon avec rehauts de blanc.

931 Des Nymphes tenant l'Amour par les bras et par les ailes; la Marchande d'Amours. 2 jolis petits dessins lavés à la sépia.

932 Fête et sacrifice à Junon. Danse de femmes nues
autour de sa statue. Dessin sur papier bleu, lavé
avec rehauts de blanc.

933 1787. Portrait de Marie-Antoinette vue de profil,
avec coiffure surmontée de plumes. Charmant
dessin à plusieurs crayons. Contre épreuve.

934 Jeune femme assise tenant un enfant (époque de
la république). Joli dessin sur papier bleu avec
rehauts de blanc.

935 **Freminet** (attribué à). Un Terme. Beau dessin
à la plume, légèrement lavé.

936 **Gravelot**. Melpomène couronnant Clairon. Joli
petit dessin à la plume.

937 **Guido Reni**. Salutation angélique. Dessin à la
plume. lavé.

938 **Harriet** (E.-J.). Le thé parisien, curieuse composition avec les costumes de l'époque du directoire. Dessin au crayon, in-fol. en largeur. Ce sujet
a été gravé, mais il existe dans la gravure des mo-
difications dans quelques figures.

939 **Hennequin**. Sujet mythologique, probablement
les Fêtes de l'hyménée. Charmante composition.
Beau dessin, lavé et colorié à plusieurs tons.

910 **Huet** (Manière de). Jeune femme tenant un enfant debout devant elle, deux autres enfants sont
à côté d'un berceau, à droite. (Intérieur d'une
chambre de campagne.) Joli dessin, colorié à plusieurs tons.

941 **Italie, XVIe siècle**. Neptune et Amphitrite.
Dessin à la plume, lavé de bistre.

942 **Kobell** (manière de). Beau Paysage, avec pâtre
et animaux. Dessin lavé et colorié.

943 **Ladmiral** (J.). Pan et Syrinx, charmante composition. Dessin lavé à l'encre de Chine avec rehauts de blanc.

944 **Lallemand**. Vue de la place et de la cathédrale de Lyon. Dessin légèrement lavé à l'encre de Chine.

945 **Lalonde** (manière de). Grand cabinet très-élégamment meublé et décoré. Charmant dessin lavé à l'encre de Chine, et de chaque côté groupes d'Amours lavés à la sépia.

946 **Lepicié** Intérieur d'artisan. Deux petits garçons se tiennent aux cheveux. Le père est assis, et la mère arrive avec une verge pour les séparer. Dessin à plusieurs crayons.

947 **Manelli** (Thomas). *In. à Paris 1793.* Deux jeunes femmes en désordre de toilette, nu-pieds, assises sur une espèce de banquette, ayant derrière elles un grand rideau. L'une d'elles, à gauche, est accoudée et pensive. L'autre, placée à droite, se poignarde en faisant un geste de désespoir. Dessin lavé à l'encre de Chine, rehaussé de blanc.

948 **Maratte** (C.). La Vierge sur des nues, tenant l'Enfant Jésus, entourée de chérubins. Composition ovale en hauteur. Joli petit dessin.

949 **Marini** (Léonardo). *Studi diversi inventati ed in gran parte disegnati dal vero da Leonardo Marini, disegnatore del gabinetto del Re di Sardegna Pittore e professore della reale Academia delle bell' arti.* Recueil in-fol., cartonné, contenant environ 480 dessins. Compositions des plus variées : Etudes de figures ; Chocs de cavalerie ; Buveurs ; Soldats jouant aux cartes ; Soldats à table avec une femme ;

Cavaliers en marche; Halte; Scènes d'orgie, de galanterie; Sabbat de sorcières; Mœurs; Costumes; Baigneuses; Ballet de Henri IV; Orphée aux Champs-Élysées; d'Orfano della china, exécutés au théâtre royal; Architecture; Ornements; Paysages; Marines, etc.

Ces dessins, la plus grande partie comme l'indique une note manuscrite en tête du volume, pris sur nature, exécutés de verve, presque tous lavés et coloriés à plusieurs tons, forment un recueil précieux qui sera vendu dans son intégrité. Il est assez rare que l'imagination d'un artiste l'entraîne à se livrer à des études aussi variées, et c'est une rencontre heureuse que de trouver ainsi réunie l'œuvre d'un maître qui a étudié la nature sous tous les aspects, et nous donne dans une foule de productions où il a mis son sentiment et son caprice, le travail de toute sa vie.

950 Meissonnier (manière de). Grille de chœur, où la dorure et les diverses couleurs sont figurées. Grand et beau dessin.

951 Moreau (manière de L.). Intérieur de parc. On voit vers la droite deux jeunes femmes en costume de la fin de Louis XVI. Charmante gouache ovale en largeur.

952 Mouricault. Jeune femme nue, tenant une couronne de fleurs, et faisant un signe du côté d'un lit. Joli dessin à la sanguine avec rehauts de blanc.

953 Netscher. Petite fille caressant un chien; deux jeunes filles tressant des couronnes de fleurs; portrait d'homme couvert d'une armure, vu jusqu'aux genoux. 5 dessins à la plume, dont trois légèrement lavés.

954 Peyre. Joli dessin de fontaine, dessin signé; temple de Mars; porte de prison; la France couronnant Louis XVI; le roi sur un piédesdal, assis et couvert de l'égide de Minerve. 5 dessins lavés à l'encre de Chine.

955 **Ranson** (manière de). Une Table et une Console sur la même feuille. Joli dessin de l'époque Louis XVI.

956 **Regnault.** Jeune femme assise sur un fauteuil près d'une table et prenant une tasse de thé. Charmante gouache.

957 **Reti** (Donato). Mariage mystique de sainte Catherine. Joli dessin à la plume, légèrement lavé.

958 **Ridde** (Le), architecte. Projet d'un hôtel à construire sur le bord de la Seine, en face de la terrasse des Tuileries, dédié à Mme la duchesse de Kinston. Vue du côté de l'entrée et du côté de la rivière. 2 dessins, lavés et coloriés.

959 **Robert.** Jardins et monuments d'Italie 2 beaux dessins, lavés et coloriés à plusisurs tons.

960 **Rothnamer** (J.). L'âge d'or. Beau dessin. Infol. en hauteur, lavé et rehaussé. Charmante composition.

961 **Sacchi** (Andréa). Salutation angélique. Dessin d'un beau sentiment, à la plume. Lavé.

962 **Saint-Aubin** (Augustin de). Bernard Chereau mort de la poitrine, le 7 novembre 1764. Il est représenté sur son lit de mort. Dessin au crayon.

963 **Saint-Aubin** (Gabriel de). Buste de jeune fille ; jeune femme arrangeant des fleurs ; jeune femme assise. 6 jolis petits dessins collés sur la même feuille.

964 Un duel en pleine rue ; la garde arrive pour arrêter les combattants. Joli dessin au crayon.

965 **Silvestre** (Louis). Soldats jouant aux cartes. Buveurs sous un hangar, au devant duquel un cavalier et une dame dansent. Deux dessins lavés à l'encre de Chine avec rehauts de blanc. D'un très-bel effet.

966 **Silvestre**. Tentation de Saint-Antoine. Dessin
lavé à l'encre de Chine.

967 **Thierry** fils. 1814. Vue du pavillon des Tuileries,
et de partie de la grande galerie du Louvre ayant
vue sur la Seine. Dessin en largeur, lavé et colorié.

968 **Tiepolo** (Dom.). L'enfant prodigue gardant les
pourceaux. Martyre de Saint-Étienne; et autres
grandes et belles compositions, lavées à la sépia.
6 dessins, d'un bel effet.

969 Compositions sur la *Vie de Jésus-Christ;* fuite et
repos en Égypte; l'entrée à Jérusalem; Jésus
emmené par les soldats; Jésus couronné d'épines;
le portement de croix, etc. Autres compositions,
telles que saint Pierre guérissant un paralytique;
le martyre de saint Pierre; la Vierge soutenue par
des Anges; la sépulture de sainte Anne, etc.
88 dessins in-fol. en hauteur, lavés de sepia et de
bistre. Avec des blancs laissés pour les effets de
lumière.

C'est une série fort remarquable de l'œuvre du maître. Elle sera
mise sur table dans son ensemble; s'il n'est pas offert une enchère
suffisante pour la totalité, *ce numéro sera divisé.*

970 **Vanni** (Francisco). Un saint et une sainte en
adoration devant la Vierge, sur des nues, tenant
l'Enfant Jésus. Deux anges, dans le haut, suspen-
dent une couronne au-dessus de la tête de la
Vierge.

971 **Vasari** (George). Esquisse tracée avec beaucoup
de verve d'une composition capitale paraissant re-
présenter les Noces de Cana. Beau dessin.

972 **Vinckboons** (David). Trois couples de galans
dans un parc attenant à un château que l'on voit
à gauche. Dessin à la plume, lavé à plusieurs tons.
(Costumes. XVIe siècle.)

973 **Vinci** (Léonard de). La Religion, une main appuyée sur le globe surmonté d'une croix. Beau dessin à la plume, lavé à la Sépia.

974 **Watteau** de Lille. Costumes de modes sous Louis XVI. Les figures sont représentées en différentes attitudes, et font juger de l'effet de l'habillement sous tous les aspects. A côté des figures, l'artiste a placé isolément des modèles de chapeaux, de bonnets, nœuds de rubans, etc. 13 dessins au crayon. *Ce numéro pourra être divisé.*

975 Costumes de femmes du temps de Louis XVI. 3 charmants croquis au crayon.

976 **Will.** Joli petit paysage lavé à la Sépia, dans lequel on voit une femme pêchant à la ligne. On lit dans le haut cette inscription manuscrite : *Dessiné le 1er avril 1764, jour de l'éclipse, par Will, pour M. Chevillet.*

DESSINS INDIENS

977 Un fakir ; un grand saint hindou ; saint Maure. 3 dessins.

978 Grand mogol de Delhi ; moine hindou ; saint hindou. 3 dessins.
Plus un dessin chinois à 2 figures.

PAPIER BLANC

979 2 grands portefeuilles renfermant du papier blanc vergé, en grandes feuilles. *A diviser.*

980 Sous ce numéro, seront vendues par lots les pièces non cataloguées. Dessins et estampes.

Renou et Maude, imprimeurs de la Compagnie des Commissaires-Priseurs, 144, rue de Rivoli. 6665